WILLY VANDERSTEEN

scenario en tekeningen
PAUL GEERTS

Standaard Uitgeverij
Antwerpen

DE FIRMA TOFVET KRIJGT VANDAAG HET BEZOEK VAN PREMIER VERHOEFSTAD EN ENKELE LEDEN VAN ZIJN KABINET. DIERENRECHTENORGANISATIE FWAGRA HOUDT EEN BETOGING VOOR HET GEBOUW.
TOFVET
Inspraak voor dieren !
Wij willen een multi-animale samenleving.
De premier is er. Waarschuw Michel Van den Boomgaard !
WEG MET DE KOTELET
LEVE FWAGRA
Premier Verhoefstad, u weet dat de dieren niet mondig zijn en wij...
Mijnheer Van den Boomgaard, wat een eer u hier te ontmoeten !
De dieren niet mondig, Michel ? Maar dan gebruiken we toch de spraaktechnologie van Lerbout en Houtspies ?
Oe, oe, oe... de koetjes zeggen boe ! Ei, ei, ei... de geitjes zeggen bèh... Zo moeilijk kan dat toch niet zijn, Michel ?
PATEE WEG ERMEE!
VLEES IS VIES
Ik zal het er met Bill Geets over hebben bij zijn volgende bezoek aan ons land. Hij is dol op onze taarten !
Blijf in contact, Michel ! We gaan dat vlug en efficiënt regelen !
Maar... maar...
PATEE WEG ERMEE
Welkom, mijnheer de eerste minister. Wij zijn blij u hier te mogen ontmoeten in ons bedrijf Tofvet, dat enig is in Europa !
Werkelijk ? Maar dat is fantastisch voor ons imago !
Mijn naam is Jef Destinkere, commercieel afgevaardigde en dit is Jos Verkels, technisch adviseur. Kortweg Jef en Jos.
Aangenaam. Zijn er ook borrelhapjes ?

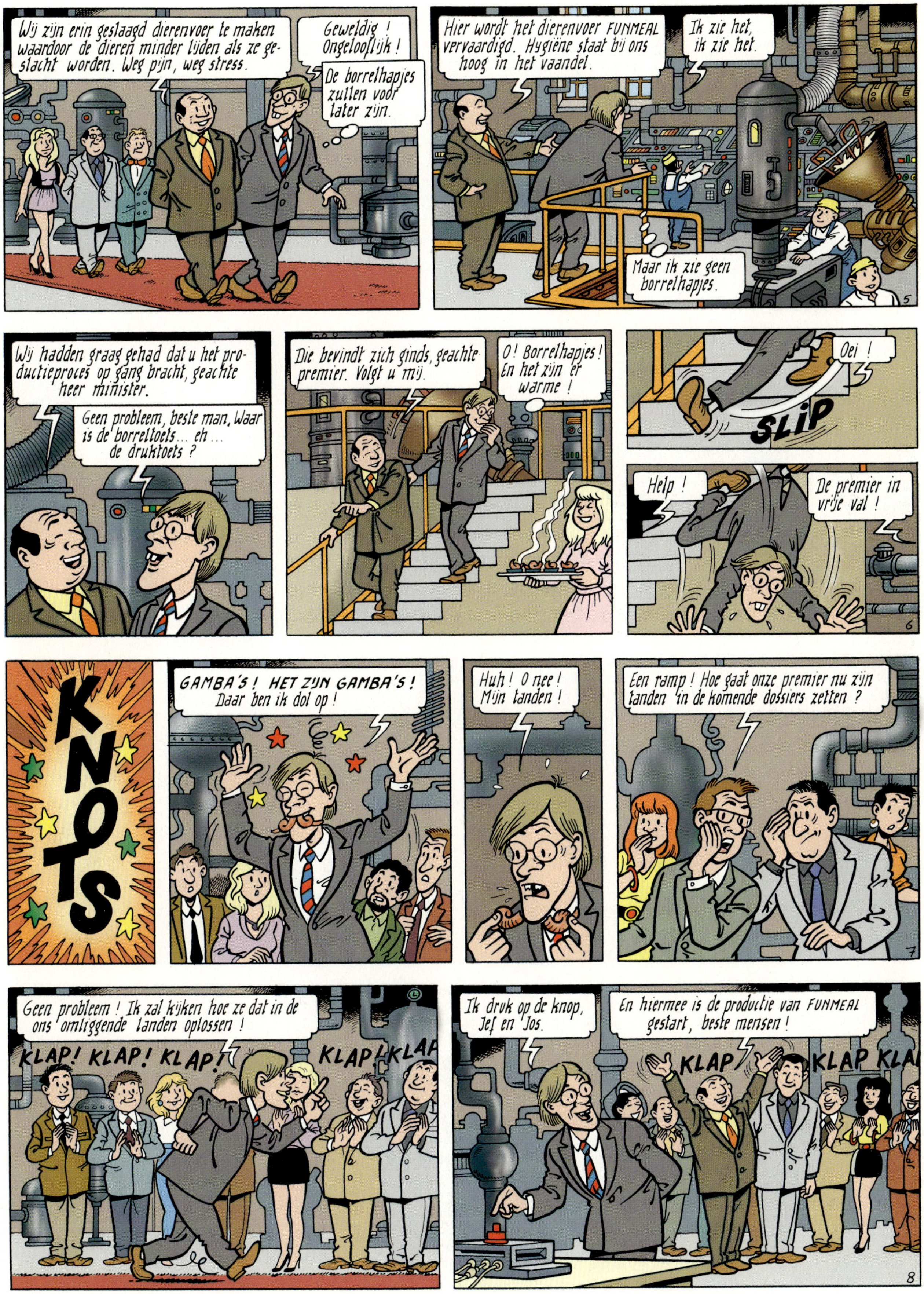
Wij zijn erin geslaagd dierenvoer te maken waardoor de dieren minder lijden als ze geslacht worden. Weg pijn, weg stress.
Geweldig! Ongelooflijk!
De borrelhapjes zullen voor later zijn.
Hier wordt het dierenvoer FUNMEAL vervaardigd. Hygiëne staat bij ons hoog in het vaandel.
Ik zie het, ik zie het.
Maar ik zie geen borrelhapjes.
5
Wij hadden graag gehad dat u het productieproces op gang bracht, geachte heer minister.
Geen probleem, beste man. Waar is de borreltoets... eh... de druktoets?
Die bevindt zich ginds, geachte premier. Volgt u mij.
O! Borrelhapjes! En het zijn er warme!
Oei!
SLIP
Help!
De premier in vrije val!
6
KNOTS
GAMBA'S! HET ZIJN GAMBA'S! Daar ben ik dol op!
Huh! O nee! Mijn tanden!
Een ramp! Hoe gaat onze premier nu zijn tanden in de komende dossiers zetten?
7
Geen probleem! Ik zal kijken hoe ze dat in de ons omliggende landen oplossen!
KLAP! KLAP! KLAP!
KLAP! KLAP
Ik druk op de knop, Jef en Jos.
En hiermee is de productie van FUNMEAL gestart, beste mensen!
KLAP
KLAP KLA
8

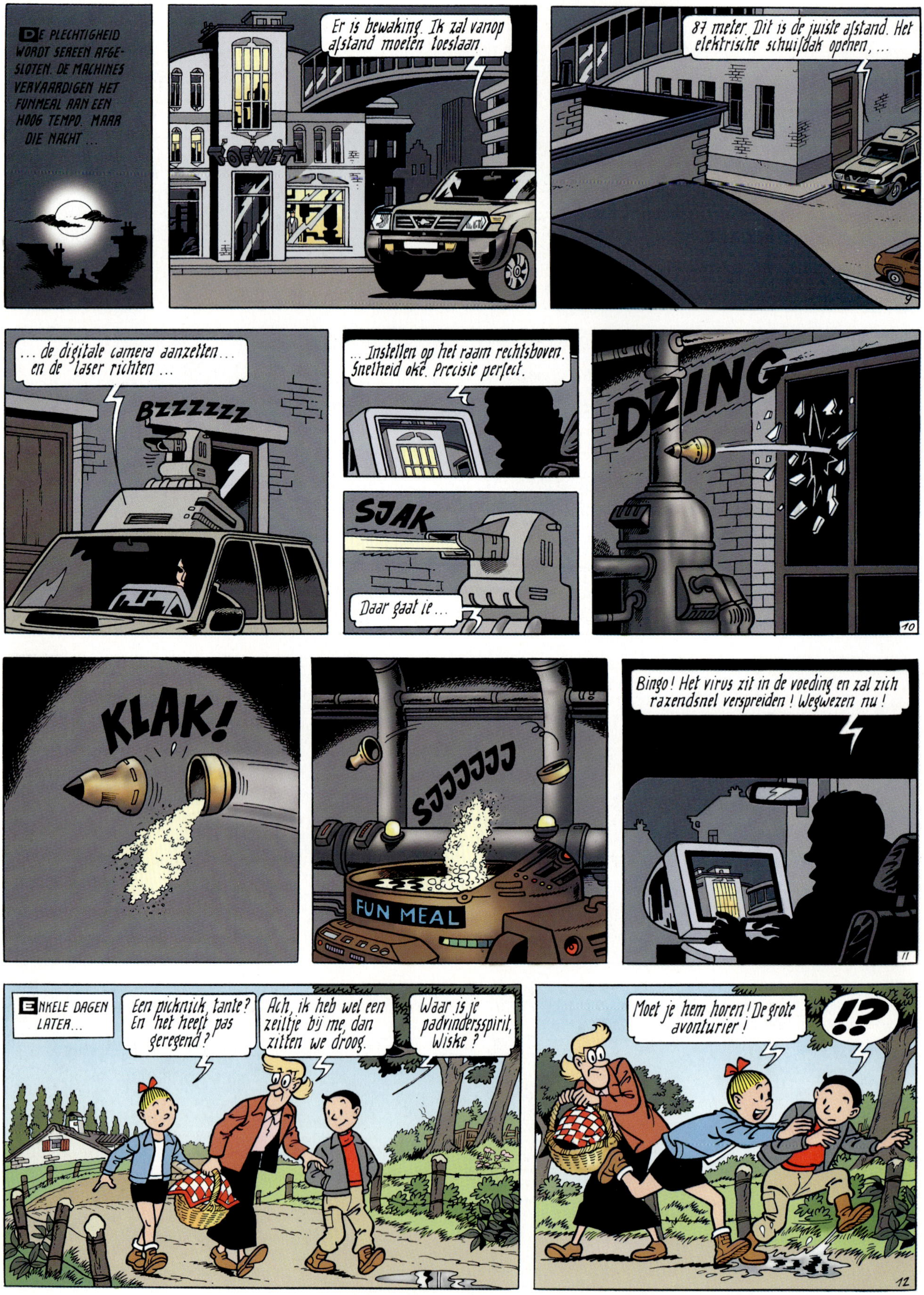
DE PLECHTIGHEID WORDT SEREEN AFGESLOTEN. DE MACHINES VERVAARDIGEN HET FUNMEAL AAN EEN HOOG TEMPO. MAAR DIE NACHT ...
Er is bewaking. Ik zal vanop afstand moeten toeslaan.
87 meter. Dit is de juiste afstand. Het elektrische schuifdak openen, ...
9
... de digitale camera aanzetten... en de laser richten ...
BZZZZZZ
... Instellen op het raam rechtsboven. Snelheid oké. Precisie perfect.
SJAK
Daar gaat ie ...
DZING
10
KLAK!
SJJJJJJ
FUN MEAL
Bingo! Het virus zit in de voeding en zal zich razendsnel verspreiden! Wegwezen nu!
11
ENKELE DAGEN LATER...
Een picknick, tante? En het heeft pas geregend?
Ach, ik heb wel een zeiltje bij me, dan zitten we droog.
Waar is je padvindersspirit, Wiske?
Moet je hem horen! De grote avonturier!
!?
12

Hé, jasses. Mijn broek zit helemaal onder de modder !
Dat is toch lekker fris, Suske ? Waar is je padvindersgeest ?
Ik heb een idyllisch plekje gevonden. Daar, onder die grote eik !
En die koeien dan ?
13
Die blijven wel weg. Kom, we beginnen eraan. Neem jij het bestek, Wiske.
Wat gebeurt er ?
Een heroïsch gevecht van Louise d'Arc tegen strontvliegen !
14
?
!
SUSKE ... PUF... TANTE ... HIJG ... IK ... IK ...
15
Wat is er ? Buiten adem na je gevecht met de strontvliegen ?
Maar kind, je ziet scheel van de honger! Eet een stukje mee !
Ja zeg, hou maar op ! Ik heb daarnet een groepje koeien zien praten in de wei.
16

Natuurlijk, Wiske. Dat gebeurt wel meer. Hadden ze het over de koers van de euro ?
... Of gewoon over koetjes en kalfjes ? Pfffrt !
Ik weet wat ik gezien heb ! Ze liepen rechtop en hadden mensen-manieren.
Ach, die fantasie, hé... Ik ga ginder een uiltje knappen. We kijken straks wel naar die koeien van jou !
17
...
Ik wil het volgende halfuurtje niet gestoord worden !
ZZZZ ...
Wiske ! Tante slaapt ! Laten we naar die dieren gaan kijken.
Waarom ? De koers van de euro hoor je op de radio toch ook ?
18
Nu kom je pootjes geven, hé. Daarnet zat je me vierkant uit te lachen !
Dat deed ik om tante er buiten te houden, Wiske. Kom aan, je moet me geloven !
Want ik geloof jou wel, hoor. Alleen al op basis van je schrandere geest en je fijnzinnige vrouwelijke intuïtie.
?
Je bent een toffe knul, Suske. Kom ! Ginder was het.
Je moet ze weten aan te pakken !
19
Een schande toch, hé, Stance, dat we hier weer in de kou moeten staan.
!
En dat we gras moeten eten dat nat is van de zure regen !
Zeg, heb je't al gehoord van Eufrasie ? Vorige week heeft ze gekalfd en morgen moet ze naar de slachterij.
Wat ?! Maar dat is een schande ! Hier ons bloed, wanneer ons recht ?
20

Ik... ik geloof mijn ogen niet... Is dit echt of is het virtuele realiteit ?
Virtueel ? Vergeet het. Dit is ECHT !
DE VOLGENDE OCHTEND.
♫ ...YOU AIN'T NOTHING BUT A HOUND DOG ♫...
Ik ga ontbijten bij tante Sidonia, maar ik scheur nu al van de honger !
♫...CRYIN' ALL THE TIME... ♫
Er is geen betere snack dan zo'n lekker knapperig Bigi-worstje.
♫ WELL, YOU AIN'T NEVER CAUGHT A RABBIT... ♫
♫ AND YOU AIN'T NO FRIEND OF MINE ! ♫
BIGI
En ? Een van onze broeders ?
Yep ! We pakken die vleeseter !
SNIF SNIF
?! Wat krijgen we nu ?
WIEUWIEUWIE
Wat is er aan de hand, jongens ? Ik reed aan de toegelaten snelheid en... Maar... ??
Pff ! Nu zie ik het ! Hahaha ! 't Gaat om een grap. Zet die leuke maskers maar af, hoor !

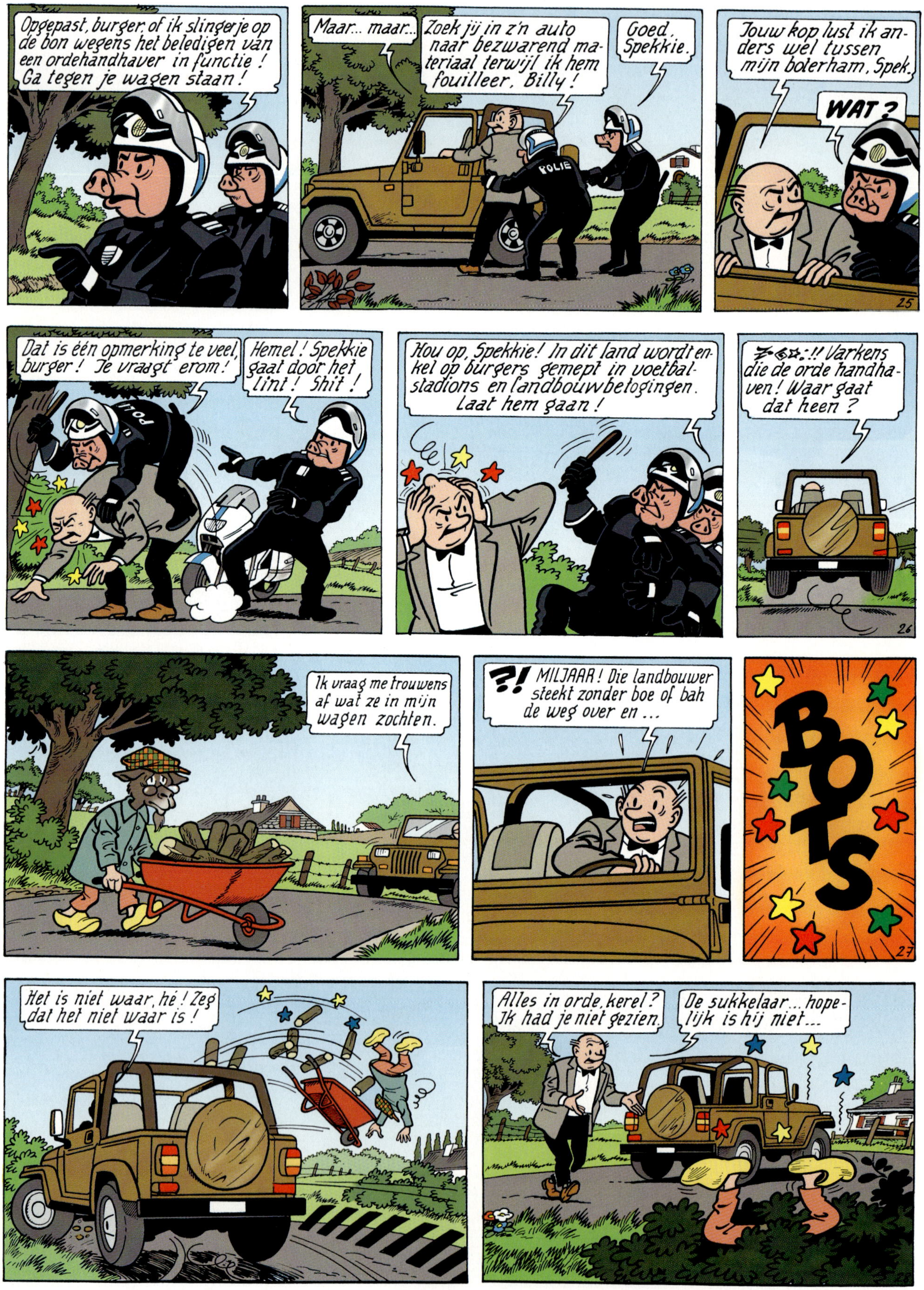
Opgepast, burger, of ik slinger je op de bon wegens het beledigen van een ordehandhaver in functie ! Ga tegen je wagen staan !
Maar... maar...
Zoek jij in z'n auto naar bezwarend materiaal terwijl ik hem fouilleer, Billy !
Goed, Spekkie.
POLIE
Jouw kop lust ik anders wel tussen mijn boterham, Spek.
WAT ?
25
Dat is één opmerking te veel, burger ! Je vraagt erom !
Hemel ! Spekkie gaat door het lint ! Shit !
POLI
Hou op, Spekkie ! In dit land wordt enkel op burgers gemept in voetbalstadions en landbouwbetogingen. Laat hem gaan !
.:!! Varkens die de orde handhaven ! Waar gaat dat heen ?
26
Ik vraag me trouwens af wat ze in mijn wagen zochten.
?! MILJAAR ! Die landbouwer steekt zonder boe of bah de weg over en ...
BOTS
27
Het is niet waar, hé ! Zeg dat het niet waar is !
Alles in orde, kerel ? Ik had je niet gezien.
De sukkelaar... hopelijk is hij niet...

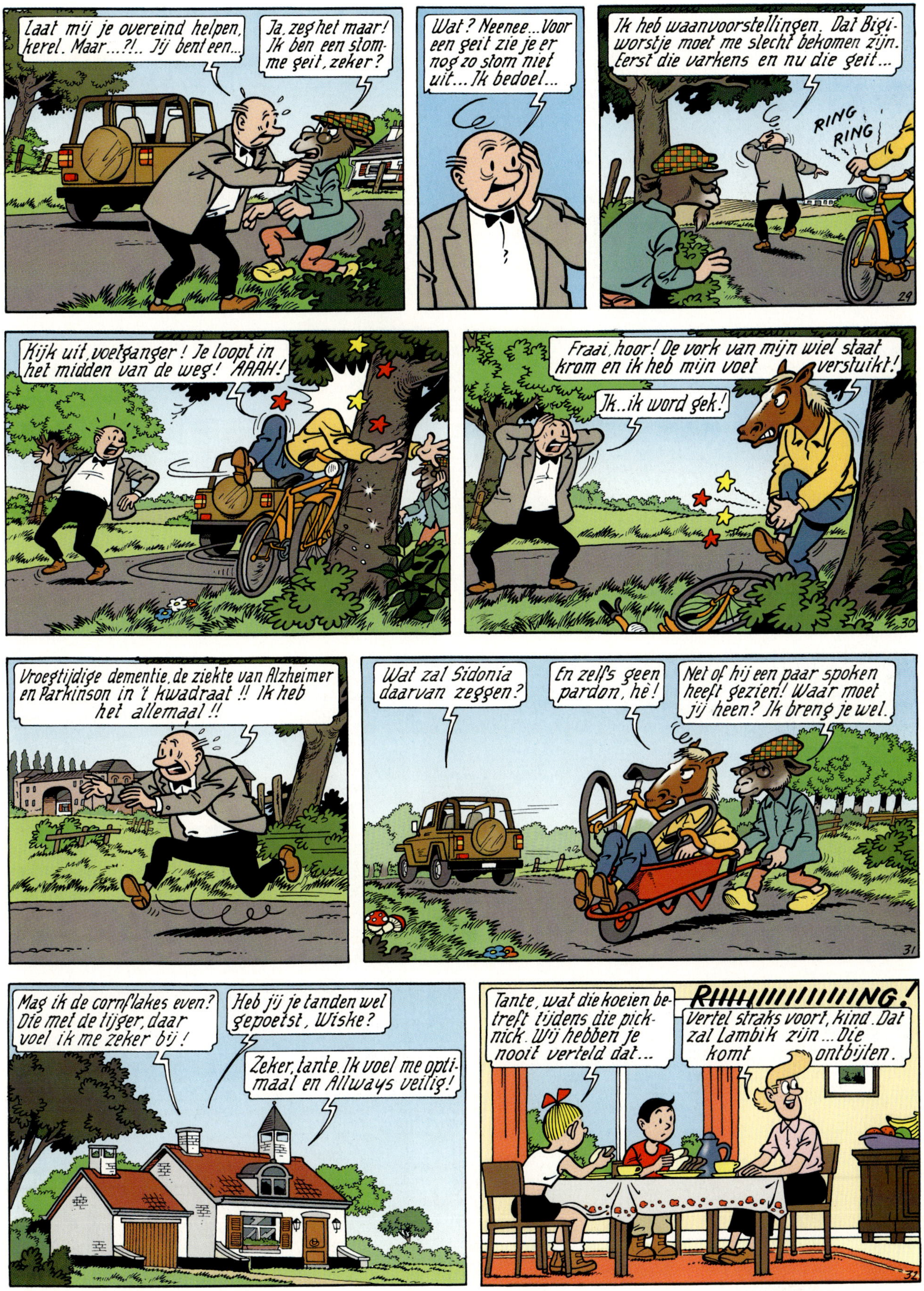
Laat mij je overeind helpen, kerel. Maar...?!.. Jij bent een...
Ja, zeg het maar! Ik ben een stomme geit, zeker?
Wat? Neenee...Voor een geit zie je er nog zo stom niet uit... Ik bedoel...
Ik heb waanvoorstellingen. Dat Bigi-worstje moet me slecht bekomen zijn. Eerst die varkens en nu die geit...
RING RING
29
Kijk uit, voetganger! Je loopt in het midden van de weg! AAAH!
Fraai, hoor! De vork van mijn wiel staat krom en ik heb mijn voet verstuikt!
Ik..ik word gek!
30
Vroegtijdige dementie, de ziekte van Alzheimer en Parkinson in 't kwadraat!! Ik heb het allemaal!!
Wat zal Sidonia daarvan zeggen?
En zelfs geen pardon, hè!
Net of hij een paar spoken heeft gezien! Waar moet jij heen? Ik breng je wel.
31
Mag ik de cornflakes even? Die met de tijger, daar voel ik me zeker bij!
Heb jij je tanden wel gepoetst, Wiske?
Zeker, tante. Ik voel me optimaal en Allways veilig!
Tante, wat die koeien betreft tijdens die picknick. Wij hebben je nooit verteld dat...
RIIIIIIIIIIIIING!
Vertel straks voort, kind. Dat zal Lambik zijn... Die komt ontbijten.
32

?
Voedselkeuring, mevrouw. Waar zijn uw koelkast en diepvriezer?
Ben jij dat, Lambik? Heb je je vermomd om me op stang te jagen? Speel jij onder één hoedje met Suske en Wiske?
Ik ben gevolmachtigd afgevaardigde, commissaris van de federale Deputatie belast met...
33
...het toezicht op de kwaliteit van de voeding!
Wat?... Maar...
Stil, tante! Dat is een van die pratende dieren.
Pratend en speciaal opgeleid via een spoedcursus in het steak-ontleden. Even kijken...
34
Dioxines, hormonen, zware metalen, frituurvet en motorolie! Weg met die rommel!
Maar... Dat is voor weken voedsel. En het is vers!
Vers wel, maar puur vergif. Ik zal verslag uitbrengen bij onze vanmorgen opgerichte koeiencommissie!
Een koeiencommissie? Dat meent u niet!
35
Zeker wel, mevrouw. Ik groet u. U hoort nog van ons!
Een wandelende biefstuk die onze koelkast leeghaalt. Dit pik ik niet!
?!
36

Als leden van de Rottweilerbrigade raden wij u tot kalmte aan, mevrouwtje!
Wij hadden graag de inhoud van uw vuilnisbak meegenomen als bewijsmateriaal!
Doe niets ongeoorloofds en leg u bij de gang van zaken neer. Niets zal nog zijn zoals het was!
37
Een koeiencommissie, een Rottweilerbrigade! Kan iemand me vertellen wat er aan de hand is!
Kalmte, tante, wind je niet op! Wacht tot Lambik er is!
Als je van de duivel spreekt... Daar is hij net!
Sidonia, heb jij een aspirientje?
Het mag ook een heel doosje zijn!
38
EVEN LATER.
Bij jullie ook al? Dus die varkens, die geit en dat paard waren geen fata morgana!?
Net zomin als die koekeurder en die Rottweilerbrigade.
Wat? Een...?!! Maar dan behoren die gemotoriseerde varkens tot een andere politiedienst! Dat wordt een regelrechte politieoorlog!
Ik vraag me af waardoor die dieren zo veranderd zijn. Zit het broeikaseffect er voor iets tussen? Heeft het te maken met de ozonlaag of is het het gevolg van overbemesting?
39
Aan Barabas kunnen we het niet vragen, die zit in het buitenland. Zou Jerom al op de hoogte zijn? Waar hangt die trouwens uit?
Ergens in de omgeving van de hoofdstad. Hij werkt voor een marktonderzoeksbureau.
Bureau wil weten of mensen tevreden zijn. Hm.. Leuke job. Beginnen bij begin. Eerste huis aanbellen.
Eloe
HIGHTECH
40

Of ik tevreden ben, ventje? Heb je vijf minuutjes? Want in een uurtje ben ik niet uitverteld.
Let niet op de staat van het huis, manneke. Door mijn 'dik' pensioen kwam het niet in aanmerking voor renovatie!
Als je dat hoort na een leven lang belastingen afdragen, is dat alsof het plafond op je hoofd dondert!
41
Wij betalen de meeste belastingen in Europa en hebben toch de hoogste staatsschuld. Leg me dat eens uit!
Multinationals die miljardenwinsten maken, ontslaan wereldwijd tienduizenden werknemers! WAT ZIJN DAT VOOR WANTOESTANDEN?
Het is overal hetzelfde!... Meer verdienen en grotere winsten maken. Stress, stress en nog eens stress. De mensen kunnen het niet meer aan... Ze gaan eronderdoor!!
42
Excuseer me, ik heb je nog niets aangeboden. Jk ga in de keuken iets te drinken halen.
Kranig baasje... Draaft maar door. Heeft nog niet veel positiefs uitgekraamd...
Zal hem dadelijk paar pittige vragen st...
?!
43
CALVAPORT ALS PITTIG APERITIEFJE! DRIE SMAKEN VERKRIJGBAAR... AARDBEI, KERS EN ANANAS! DAT MOET JE PROEVEN!
!
CALVAPORT CALVAPORT CALVA ALL THE WAY!
Begrijp het niet. Waarom doet u dit? Had het net over stress en nu loopt u zelf als een sandwichman rond.
Om de belastingen op mijn pensioentje te betalen. Ze betalen goed. 't Smaakt niet slecht!
44

Calva port heeft ook een pensioen-spaarplan! Hé, loop niet weg... Je hebt niet geproefd !!
Vent compleet gaga!
?... Rijdt reclamewagen van Wereldnieuws met extra nieuwsbericht voorbij...
TSATADAAM..
EXTRA
NIEUWS-NIE
45
Sinds gisterochtend is er onder de veestapel, het pluimvee en alle dieren groot en klein een nieuw virus uitgebroken. Kenmerken zijn dat de..
..dieren beginnen te praten en rechtop lopen. Het Babbelveld-Jacobvirus verspreidt zich razendsnel. Overal richten de dieren praatgroepen op en...
..stellen ze hun eisen. Ze vragen onder andere het staatsburgerschap. De regering van Verhoefstad staat onder zware druk.
46
Mama, mama! Ze komen eraan! Ze zijn met honderden! Ze zullen ons vertrappelen!
Waar heb je het over, Kevin?
Ik ben bang, mama... Ze zijn met zovelen!
Ventje totaal overstuur... Niet pluis...
Zelf gezond kijkje achter hoekje gaan nemen.
47
?!
Hele veestapel op stap! De moeder aller landbouwbetogingen ?!
SOJA-BROKKEN ZIJN OOK GOED
IK PLEIT VOOR DE GEIT
SPAART HET PAARD
GEEN GEDOE MET DE KOE
DE KOEIEN ZIJN DE GOEIEN
SPAAR DE KNOL EN DE GEIT
GEEN GESLIJM MET HET ZWIJN
EET UW EIGEN RIBBE
HEB BEGRIP VOOR DE KIP
48

Bent dus ontevreden burgers? Mag ik paar vragen stellen voor enquête?
Burgers zijn we nog niet, en tijd om vragen te beantwoorden hebben we evenmin. We hebben wel wat anders te doen!
En wat mag dat zijn, o gevlekt eerbetoon aan onze groene weiden?
Wij gaan de slachthuizen kort en klein slaan!
49
Ziet er niet gezond uit. Heetgebakerde gehoefden vóór zijn en binnenweg nemen naar slachthuizen!
!Michel Van den Boomgaard al aan 't uitleggen aan veehouders.
Hou op met dieren te slachten! Zij hebben ook rechten. Het is niet omdat ze niet mondig zijn dat...
En onze broodwinning dan?
50
Wij niet mondig? Wil je die woorden onmiddellijk inslikken, botterik!
Wij kunnen niet praten en zijn dom, hé? Wij kunnen niet voor onszelf opkomen, hé?!
Geef die wijsneus ervan langs!
Ophouden! Michel met rust laten. Pakt verkeerde aan, ijvert al jaren voor jullie welzijn!
En wie mag jij dan wel zijn?
51
Kortweg Jerom. Heb veel sympathie voor dieren, maar mogen niet dezelfde fouten maken als mensen. Met geweld overtuiging opdringen heeft averechts effect!
Oké, wij laten die Michel met rust. Wij zijn hier trouwens om onze ter dood veroordeelde broeders, het slachtvee, te bevrijden!
En wel onmiddellijk en desnoods met geweld!
Kom maar op! Wij laten onze broodwinning niet afpakken!
52

De Rottweilerbrigade komt ons te hulp!
Achteruit, jongens! Dat ziet er link uit.
WAF!
WAF!
WAF!
Bent in overtreding. Privémilitie is bij wet verboden.
De regering is zopas gevallen! Het politiedebat laait op. Wij eisen erkenning van onze brigade!!
53
OMSTAANDERS BEVESTIGEN DAT DE REGERING-VERHOEFSTAD HAAR ONTSLAG HEEFT INGEDIEND. ONDER DRUK VAN DE ROTTWEILERS WORDT HET SLACHTVEE BEVRIJD.
Dat was op het kantje. Een dag later en ik lag in stukken in de rekken.
Oef! Bedankt, jongens. Maar ik voel me wel wat naakt.
Ik heb thuis nog een schapenvacht voor je.
Broodroof, dat is het! Een echt schandaal!
54
En jij bent daar verantwoordelijk voor. Waar bemoei jij je eigenlijk mee?!
Wij hebben zwaar in dieren geïnvesteerd en jij laat ze zomaar vrij!
Babbelveld-Jacobvirus heeft van dieren redelijke wezens gemaakt. Hen slachten staat gelijk aan moord.
Wij laten dit niet zo! Wij stappen naar de koning!
Het Hof van Straatsburg!
Wendy Van Wanten!
55
De ontslagnemende regering heeft nieuwe verkiezingen aangekondigd.
?
Sommige partijen zijn al met hun verkiezingscampagne gestart!
56

De voornaamste nieuwkomers aan het politieke front zijn: de V.D.V. of de Vrije Democratische Varkens, de K.V.G. of de Koeien Voor Groen, de S.P.B., de Socialistische Paardenbond, en de I.D-KIP, de partij van het vooruitstrevend pluimvee!
PRIMA SMAAK EN GEUR
KOLLA EN BORRATEUR!!
GEZOND GROEN
MET GEIT BALOEN
GEZOND IN EEN WIP
MET DEZE KIP! Stem O.MELET
MET DIT VARKEN WORDT ALLES ANDERS
DICK ZWEYN
WEG MET PEK EN ROET
MAGDA KOEVOET
IN GEZONDE DRAF
MET PAARD PARDAF
VERTIER MET DEZE STIER
FIRMIN DE DECKER
OP DAT MOMENT, IN EEN AFGELEGEN BOERDERIJ.
Het dreigt uit de hand te lopen.
Als er koeien in de regering zitten, eet niemand nog vlees!
Dan kunnen we onze hormonenhandel ook vergeten. We moeten iets doen!
We moeten de dieren in diskrediet brengen, zodat de mensen ze weer in de stallen willen.
Heb jij een plan, Alex?
HORMOON
Zeker, we vermommen ons als dieren en richten een organisatie op onder de naam..."Alles Liever dan Frikadellen". Kortweg A.L.F.!
Alles Liever dan Frikadellen? Wat is dat voor onzin?! Wat zou die A.L.F. dan zoal doen?

Als dieren vermomd plegen we aanslagen op hamburgerrestaurants en slagers. We kalken de letters A.L.F. op de muur !
En dan?
We sturen een brief naar de redacties van kranten, radio en tv waarin we de aanslagen opeisen. We zeggen dat we extremistische dieren zijn.
Ik snap het ! De mensen zullen de dieren beschuldigen van terrorisme !
Niemand zal zich nog veilig voelen. De mensen zullen weer naar de toestand van vroeger verlangen.
Ze zullen de dieren terug naar de stallen drijven, waar ze thuishoren. En ons handeltje zal opnieuw floreren ! Puik idee, Alex !
Ik heb deze maskers op de kop kunnen tikken. Ze werden gebruikt in het toneelstuk 'De Rattenvanger van de Wetstraat'.
Meer moet dat niet zijn!
We nemen een paar jerrycans benzine en een verfpot met een kwast mee !
Het A.L.F. gaat op pad en het zal er heet toegaan !
SUSKE EN WISKE TREKKEN INTUSSEN, IN OPDRACHT VAN DE OVERHEID, ALS VRIJWILLIGERS ROND OM HET STATUUT VAN DE DIEREN IN ORDE TE BRENGEN.
Hier is het. Zwijnenstal nummer 4 !

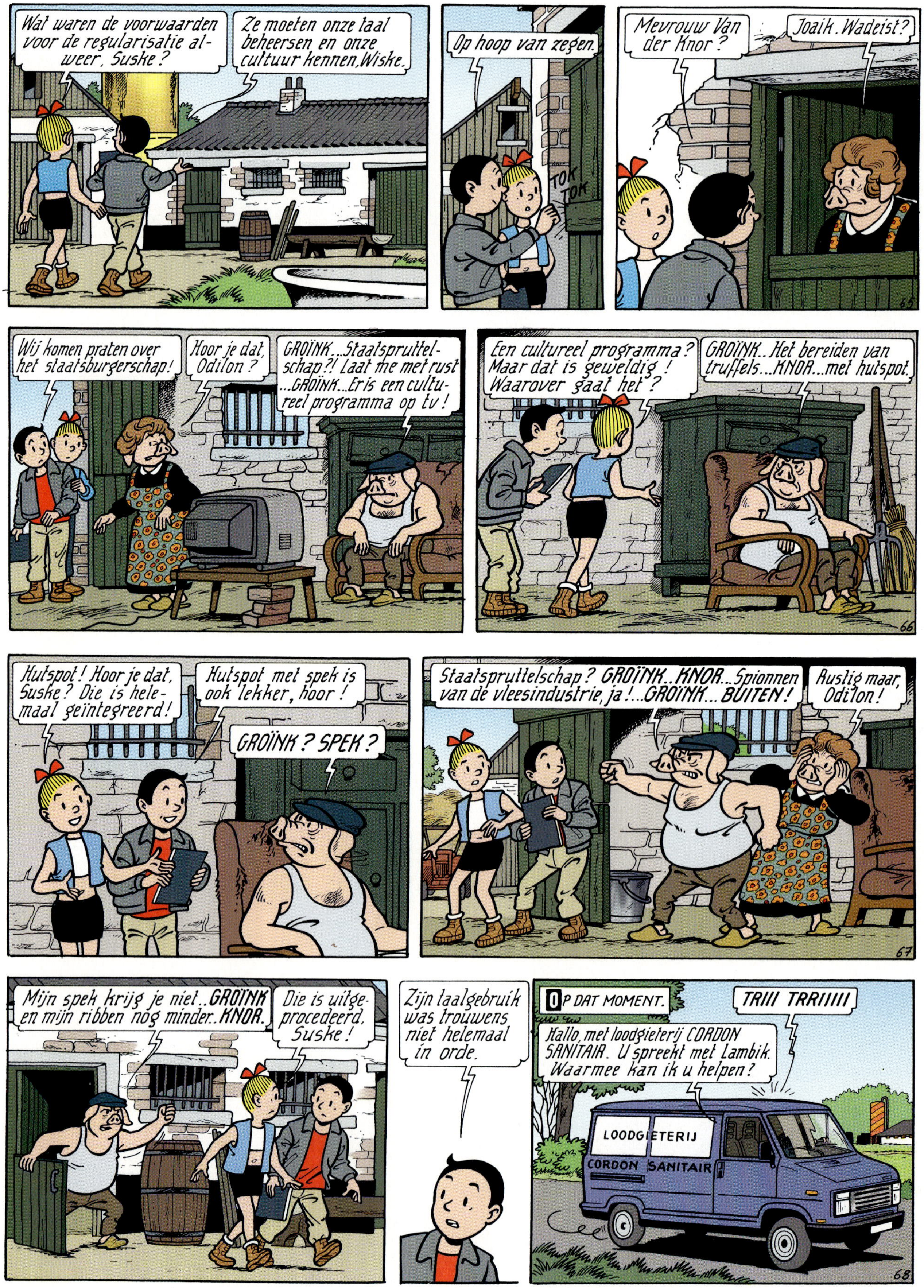
Wat waren de voorwaarden voor de regularisatie alweer, Suske?
Ze moeten onze taal beheersen en onze cultuur kennen, Wiske.
Op hoop van zegen.
TOK TOK
Mevrouw Van der Knor?
Joaik. Wadeist?
65
Wij komen praten over het staatsburgerschap!
Hoor je dat, Odilon?
GROÏNK...Staatspruttelschap?! Laat me met rust ...GROÏNK...Er is een cultureel programma op tv!
Een cultureel programma? Maar dat is geweldig! Waarover gaat het?
GROÏNK.. Het bereiden van truffels...KNOR...met hutspot.
66
Hutspot! Hoor je dat, Suske? Die is helemaal geïntegreerd!
Hutspot met spek is ook lekker, hoor!
GROÏNK? SPEK?
Staatspruttelschap? GROÏNK..KNOR...Spionnen van de vleesindustrie, ja!...GROÏNK...BUITEN!
Rustig maar, Odilon!
67
Mijn spek krijg je niet..GROÏNK en mijn ribben nog minder..KNOR.
Die is uitgeprocedeerd, Suske!
Zijn taalgebruik was trouwens niet helemaal in orde.
OP DAT MOMENT.
TRIII TRRIIIII
Hallo, met loodgieterij CORDON SANITAIR. U spreekt met Lambik. Waarmee kan ik u helpen?
LOODGIETERIJ
CORDON SANITAIR
68

...Een badkamer in uw koeienstal instal-leren, mevrouw Verkalveren? Geen probleem!
TRIIII TRIIII
TRIIII TRIIII
Wow! Mijn gsm's staan roodgloeiend. De op-drachten stromen bin-nen! YES!
TRIIII TRIIII
Hallo, met loodgieterij CORDON SANI-TAIR. Lambik aan de lijn. Ha, mijn-heer Sik!... Wat voor nieuws?
69
U wilt een toilet laten plaat-sen in uw geitenstal? Geen probleem! Ik kom eraan!
LOODGIETERIJ
CORDON SANITAIR
Ik doe gouden zaken! Alle dieren zijn die vuile stallen beu. Zij willen piekfijne sanitaire installaties.
TRIIII TRIIII
LOODGIETERIJ
CORDON SANITAIR
70
DE ONTSLAGNEMENDE REGERING HEEFT AAN JEROM GEVRAAGD OM ALS BEMIDDELAAR OP TE TREDEN BIJ CONFLICTEN TUSSEN BOEREN EN DIEREN.
Hoeve Catershof... Melding van soci-aal conflict tussen dieren en boer.
Regeringsbemiddelaar Jerom! Welkom in onze infrastructuur!
71
De herstructurering van de agrarische sector loopt op wieltjes. Wij hebben verschillende workshops opgestart.
Hm... Interessant.
Dit is ons atelier. Creatief met eieren! Eierdopjes en beschilderde eitjes worden in een aangenaam kader gefabriceerd.
72

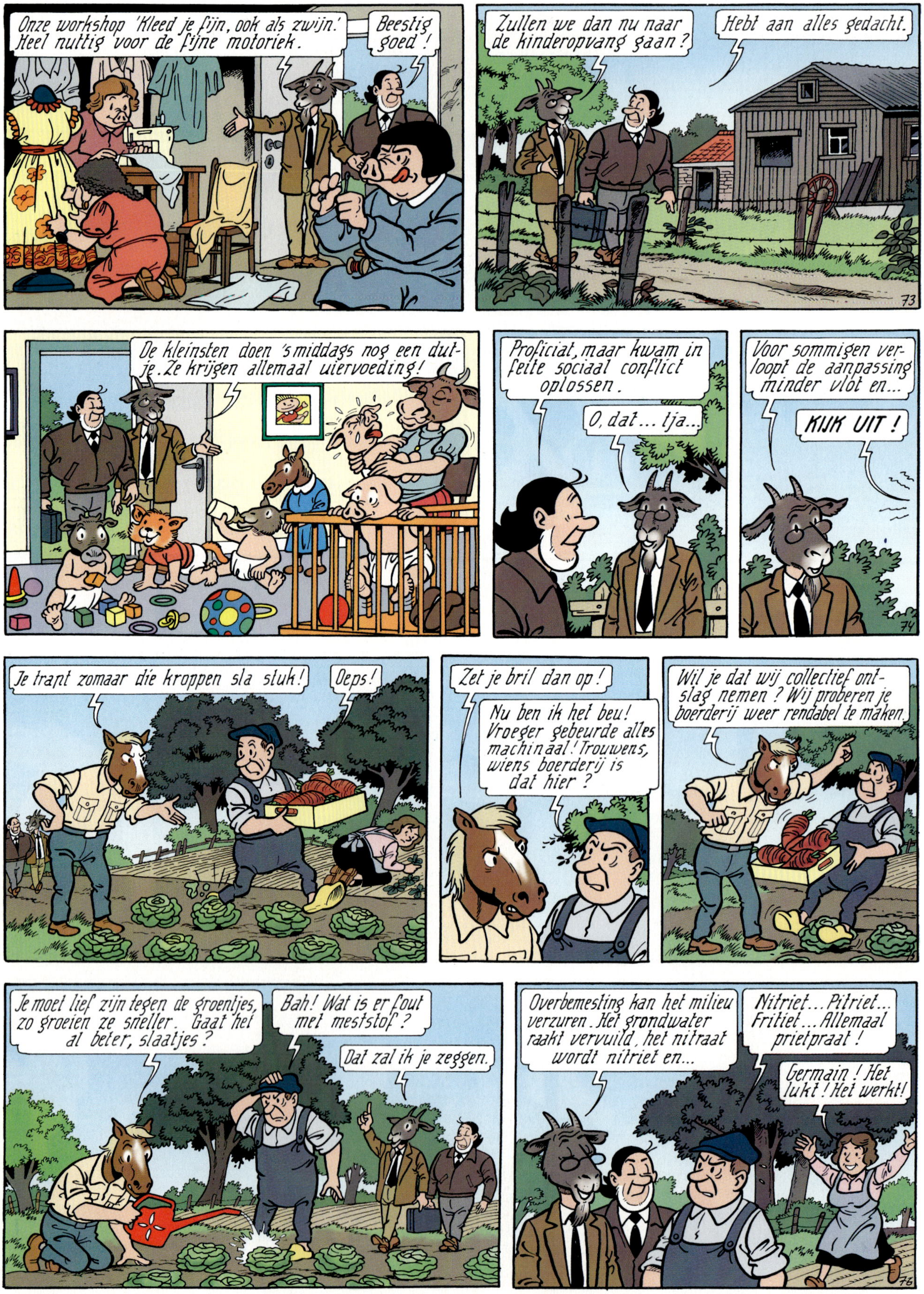
Onze workshop 'Kleed je fijn, ook als zwijn.' Heel nuttig voor de fijne motoriek.
Beestig goed!
Zullen we dan nu naar de kinderopvang gaan?
Hebt aan alles gedacht.
73
De kleinsten doen 's middags nog een dutje. Ze krijgen allemaal uiervoeding!
Proficiat, maar kwam in feite sociaal conflict oplossen.
O, dat... tja...
Voor sommigen verloopt de aanpassing minder vlot en...
KIJK UIT!
74
Je trapt zomaar die kroppen sla stuk!
Oeps!
Zet je bril dan op!
Nu ben ik het beu! Vroeger gebeurde alles machinaal! Trouwens, wiens boerderij is dat hier?
Wil je dat wij collectief ontslag nemen? Wij proberen je boerderij weer rendabel te maken.
Je moet lief zijn tegen de groentjes, zo groeien ze sneller. Gaat het al beter, slaatjes?
Bah! Wat is er fout met meststof?
Dat zal ik je zeggen.
Overbemesting kan het milieu verzuren. Het grondwater raakt vervuild, het nitraat wordt nitriet en...
Nitriet... Pitriet... Fritiet... Allemaal prietpraat!
Germain! Het lukt! Het werkt!
76

Ik heb die aardbeien elke dag lief toegesproken en laten luisteren naar Radio Donna!
Hé! Het zijn echte kanjers geworden!
CHIRPY CHIRPY CHEEP CHEEP
De methoden van de dieren werken.
Zou dit dan toch een nieuwe start kunnen betekenen? Laten we het proberen!
Probleem lost zich blijkbaar vanzelf op...
Dieren hebben gezonde ideeën over hoe een boerderij te runnen. Toekomst ziet er goed uit.
MAAR DIE AVOND...
Het hamburgerrestaurant McQuack! Eerst die molotovcocktail...
DZINN
78
...en dan onze handtekening achterlaten.
ALF
De rat verlaat het brandende schip!
Nog zo'n paar aanslagen en de mensen zullen zich tegen de dieren keren.
79
DE VOLGENDE DAG.
Sinds het uitbreken van het virus weten jullie wel wat te doen.
Zeker weten.
Hemel!
Wat is er, Suske?
Er is een aanslag gepleegd op een hamburgertent door het A.L.F.
Dat zal die beestjes een hoop stemmen kosten bij de volgende verkiezingen!
80

Oei! Er is een betoging aangekondigd voor morgen in de binnenstad.
Dan is de kans groot dat er een tegenbetoging komt.
'S ANDERENDAAGS IS JEROM TER PLEKKE.
Wordt hommeles! Optocht van het Vleesetend Blok! Politie is er niet.
EIGEN VLEES EERST
WEG MET ALF EET KALF!
STOP HET GELUL
DIEREN IN DE STALLEN
WORST
81
Tegenbetoging van dieren! Wordt bloedige confrontatie. Snel iets op vinden.
SPAART HET PAARD
WEG JULLIE! ROTTWEILERBRIGADE KOMT ERAAN! BIJTEN NAAR ALLES WAT BEWEEGT!
WAT? Waar moeten we ons verschuilen?
Kruip in GFT-bakken!
In dat groente-fruit-en tuinafval? Vergeet het!
82
Niet zeuren! Kruip in die bakken! Rottweilers kennen geen genade!
Hij heeft gelijk! Snel!
Beter blode Jan dan dode Jan.
Oef. Net op tijd. Daar zijn tegenbetogers!
EET UW EIGEN BILLEN
LAAT DE KOEIEN LOEIEN
Ha, regeringsbemiddelaar Jerom! Zeg, waar zijn die Vleesetende Blokkers?
Zichzelf aan 't recycleren. Bedoel... zijn er niet.
83
Zoals je ziet. Enkel vuilniswagen om GFT op te halen.
WAAAH!
Je hebt gelijk, maar wie hoor ik daar roepen?
OEI!
AU!
Zijn strijdkreten van vuilnismannen. Zijn heel gemotiveerd.
Ha, zo?...Op die manier. Tja, dan blaas ik de tegenbetoging maar af.
84

DE DAG VAN DE VERKIEZINGEN IS AANGEBROKEN. DE OPKOMST IS OVERWELDIGEND. ER KOMEN DUBBEL ZOVEEL DIEREN ALS MENSEN OPDAGEN.
VDV
DICK ZWEYN
SWA TRUFFEL
GUY RIB
JEF POOT
KRUL STAART
ROB SPEK
LINDA HAM
ELS KOP
Ik haat dit. Opeengepakt als vee in de rij staan wachten.
Wat is er dan verkeerd met vee, mijnheer?
Ik... eh...
Denkt meneer misschien dat meneer tot een superieur ras behoort?
RACIST!
TWEE UUR LATER.
Luister, omdat ze mijn beste klanten zijn, heb ik mij ingehouden, hé!
Wind je niet op, Lambik, het is voorbij.
Kom je vanavond bij ons naar de verkiezingsshow kijken?
Met een democratisch pintje erbij? Zeker!
In achtennegentig procent van de stembureaus zijn de stemmen geteld en de uitslag is verpletterend.
De Vrije Democratische Varkens worden de grootste partij van het land. Zij worden op de voet gevolgd door de Koeien Voor Groen en de Socialistische Paardenbond. I.D.-KIP wordt de vierde partij van het land.
VG
SPB
ID KIP
VLD
SP
Amaai! De traditionele partijen hebben zwaar op hun donder gekregen. Ik ben benieuwd welk varken er formateur zal worden.
Lambik!.. O ja, je hebt gelijk. 't Zal waarschijnlijk een varken zijn.
Mijnheer Zweyn, ziet u nu al moeilijkheden bij het vormen van een nieuwe regering?
Nee! De problemen moeten pas opgelost worden als ze zich stellen.
Mevrouw Koevoet, wat mogen de mensen nog eten, nu vlees niet meer mag?
Zodra we in de regering zitten, richten we een koeiencommissie op die zich met dat probleem zal bezighouden.

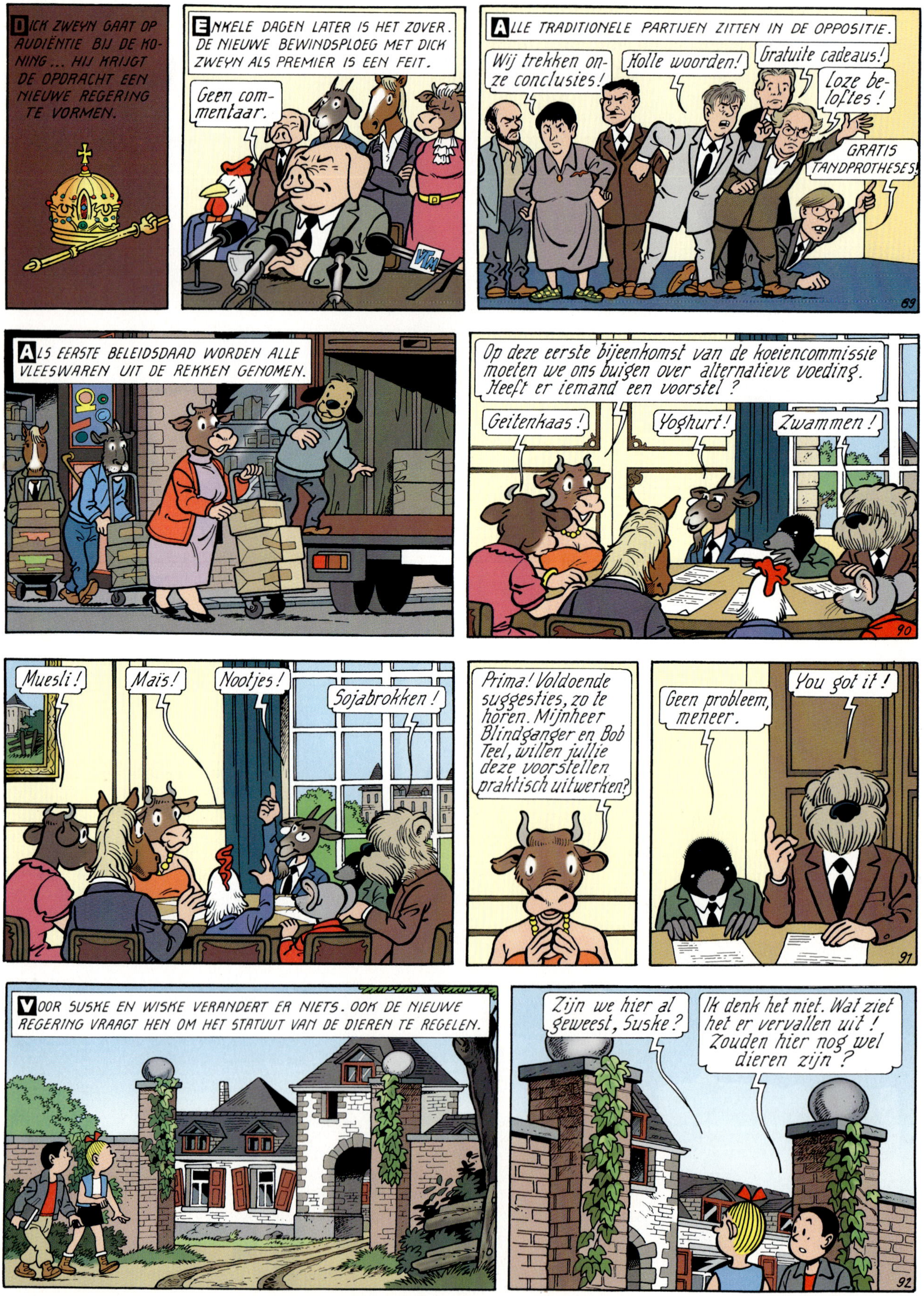
DICK ZWEYN GAAT OP AUDIËNTIE BIJ DE KONING ... HIJ KRIJGT DE OPDRACHT EEN NIEUWE REGERING TE VORMEN.
ENKELE DAGEN LATER IS HET ZOVER. DE NIEUWE BEWINDSPLOEG MET DICK ZWEYN ALS PREMIER IS EEN FEIT.
Geen commentaar.
VTM
ALLE TRADITIONELE PARTIJEN ZITTEN IN DE OPPOSITIE.
Wij trekken onze conclusies!
Holle woorden!
Gratuite cadeaus!
Loze beloftes!
GRATIS TANDPROTHESES!
89
ALS EERSTE BELEIDSDAAD WORDEN ALLE VLEESWAREN UIT DE REKKEN GENOMEN.
Op deze eerste bijeenkomst van de koeiencommissie moeten we ons buigen over alternatieve voeding. Heeft er iemand een voorstel?
Geitenkaas!
Yoghurt!
Zwammen!
90
Muesli!
Maïs!
Nootjes!
Sojabrokken!
Prima! Voldoende suggesties, zo te horen. Mijnheer Blindganger en Bob Teel, willen jullie deze voorstellen praktisch uitwerken?
Geen probleem, meneer.
You got it!
91
VOOR SUSKE EN WISKE VERANDERT ER NIETS. OOK DE NIEUWE REGERING VRAAGT HEN OM HET STATUUT VAN DE DIEREN TE REGELEN.
Zijn we hier al geweest, Suske?
Ik denk het niet. Wat ziet het er vervallen uit! Zouden hier nog wel dieren zijn?
92

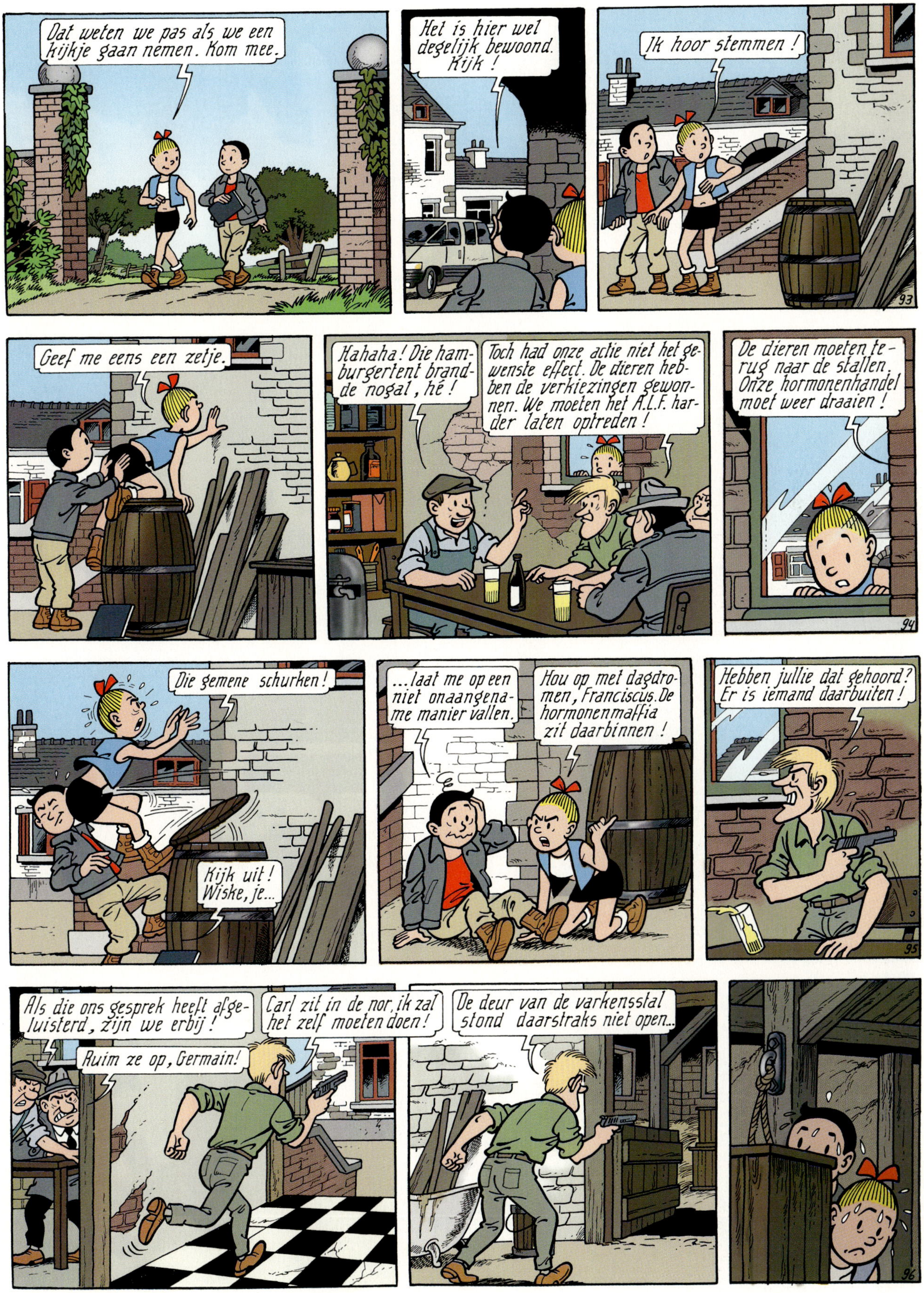
Dat weten we pas als we een kijkje gaan nemen. Kom mee.
Het is hier wel degelijk bewoond. Kijk !
Ik hoor stemmen !
93
Geef me eens een zetje.
Hahaha! Die hamburgertent brandde nogal, hé !
Toch had onze actie niet het gewenste effect. De dieren hebben de verkiezingen gewonnen. We moeten het A.L.F. harder laten optreden !
De dieren moeten terug naar de stallen. Onze hormonenhandel moet weer draaien !
94
Die gemene schurken!
Kijk uit! Wiske, je...
...laat me op een niet onaangename manier vallen.
Hou op met dagdromen, Franciscus. De hormonenmaffia zit daarbinnen !
Hebben jullie dat gehoord? Er is iemand daarbuiten !
95
Als die ons gesprek heeft afgeluisterd, zijn we erbij !
Ruim ze op, Germain!
Carl zit in de nor, ik zal het zelf moeten doen!
De deur van de varkensstal stond daarstraks niet open...
96

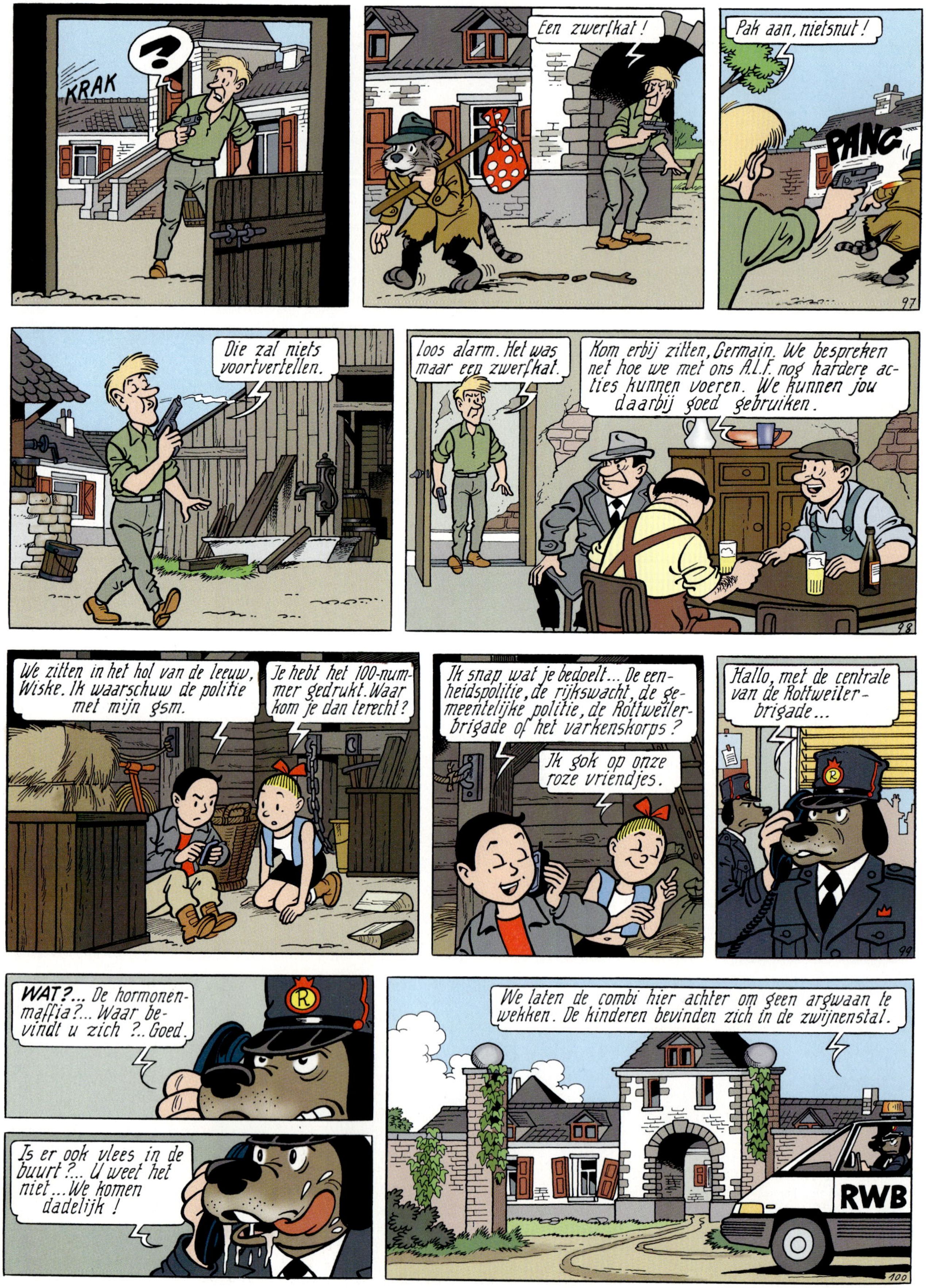
KRAK
?
Een zwerfkat!
Pak aan, nietsnut!
PANG
97
Die zal niets voortvertellen.
Loos alarm. Het was maar een zwerfkat.
Kom erbij zitten, Germain. We bespreken net hoe we met ons A.L.F. nog hardere acties kunnen voeren. We kunnen jou daarbij goed gebruiken.
98
We zitten in het hol van de leeuw, Wiske. Ik waarschuw de politie met mijn gsm.
Je hebt het 100-nummer gedrukt. Waar kom je dan terecht?
Ik snap wat je bedoelt... De eenheidspolitie, de rijkswacht, de gemeentelijke politie, de Rottweilerbrigade of het varkenskorps?
Ik gok op onze roze vriendjes.
Hallo, met de centrale van de Rottweiler-brigade...
99
WAT?... De hormonenmaffia?... Waar bevindt u zich?.. Goed.
Is er ook vlees in de buurt?... U weet het niet... We komen dadelijk!
We laten de combi hier achter om geen argwaan te wekken. De kinderen bevinden zich in de zwijnenstal.
RWB
100

Snif... snif... Wacht eens, jongens. Ruiken jullie dat ook?
Zeker. Dat is vlees! Kilo's vlees!
Die kinderen hadden gelijk. Iemand heeft in deze verlaten hoeve vlees verborgen.
Dus toch de hormonenmaffia ?!
O, wat heb ik trek in zo'n sappig rood stukje vlees!
Beheers je, Kamiel. Vlees is nu verboden door de grondwet!
Ja, maar wij zijn toch honden! En honden ZIJN vleeseters!
Bedwing je speekselklieren! Denk aan slaatjes met noten!.. We rekenen die maffia in en de kous is af!
Wat staan die Rottweilers daar toch te kletsen?
Ze weten waarschijnlijk niet dat we ons hier verschuilen.
Een van die kinderen wenkt ons. Kom, we gaan ernaartoe.
Geen woord over hetgeen we zonet besproken hebben!
Eindelijk! Ik dacht dat jullie nooit meer zouden komen!
Op je gemak, knaap! Ik... snif.. snif... Ruik jij dat ook, Kamiel?
En of!
?
!

In dit vat bevindt zich de verdachte substantie!
Openmaken, Kamiel!
Stefaan! Het is gerookte ham! Ik... slurp... Ik..
Hou je in, Kamiel! Leg dat terug! Beheers je!
105
En jullie... HANDEN OMHOOG! Jullie staan onder arrest wegens het verbergen van verboden voedingswaren!
WAT?
Maar wij zijn onschuldig! Jullie moeten de hormonenmaffia, die in het grote gebouw zit, inrekenen!
Ik hoef van jullie, mensen, geen bevelen te slikken. Kamiel, doe hen de handboeien om!
106
Die knipoog van Wiske... Zou ze het begrepen hebben?
Hé?!
Joep! Ze heeft het begrepen!
Hopla!
107
Naar boven, Wiske. De derde rottweiler staat waarschijnlijk buiten te wachten.
Kamiel, ga van me af!... Ze ontsnappen!
Geweldpleging op een ambtenaar in functie! Ik heb het recht om te schieten!
En ik heb het recht om te frisbeeën!
108

PATS
Spring door dat raampje, Wiske!
En nu zo snel mogelijk weg van hier!
109
Ik vertrouw die rottweilers voor geen haar!
Tss.. tss.. spreek je zo over je vrienden?
Handjes in de lucht en plaatsnemen in de combi! Vooruit!
110
Hallo Stefaan... Rocco hier. Ja, ik heb de kinderen te pakken. Ze zitten in de combi...
Prima, Rocco! Kamiel en ik gaan nu een kijkje nemen in het grote gebouw.
111
Ik hoor stemmen. Beuken we de deur in?
Neenee, laat mij maar...
DE ROTTWEILERBRIGADE HIER! OPEN DE DEUR!
?
112

Stefaan, ben jij het ? Je hebt ons wel even aan het schrikken gebracht.
?
Wat betekent dat, Stefaan ? Ken jij die mensen ?
Bemoei je er niet mee, Kamiel. Blijf hier wachten. Ik heb wat te bespreken.
Wij zijn getipt door twee kinderen dat de kopstukken van de hormonenmaffia zich hier zouden bevinden.
Twee kinderen ? Ik dacht dat het om een zwerfkat ging ?
Vecht het straks maar uit. Laat ons eerst een regeling treffen.
Zeker, Stefaan. De klassieke hoeveelheid zwijgvlees, of mag het iets meer zijn ?
Doe er nog wat saucijzen en hamburgers bij. Als bewijsmateriaal zogezegd.
Je zegt het maar, Stefaan.
Wij zullen toch geen last krijgen door de verklaring van die kinderen, hé?
Maak je geen zorgen... Daar zorgen wij wel voor.
Een zak vol bewijsmateriaal ? En de hormonenmaffia dan ?
Deze mensen zijn onschuldig. Die kinderen zitten erachter.
Jaja, jeugdcriminaliteit... Het is erg tegenwoordig !
Ze hebben helemaal niemand gearresteerd !
Ze zijn waarschijnlijk omgekocht. Wat een corrupte boel !

Dat heb ik gehoord, burger! Opgepast, alles wat je zegt kan tegen jou gebruikt worden in de rechtszaal.
TERWIJL SUSKE EN WISKE NAAR HET HOOFDKWARTIER VAN DE ROTTWEILERBRIGADE WORDEN GEVOERD, KRIJGT DE REGERING-DICK ZWEYN HET ZWAAR TE VERDUREN IN HET PARLEMENT...
Geknoei op grote schaal, dát is uw beleid! Een potpourri van de Fabeltjeskrant en Sesamstraat!
Goed gesproken!
Bravo!
117
Mijnheer Van Rampbui, eens te meer zijn uw uitlatingen kreten in de woestijn!
De woestijn, daar zegt u het! Daar is ook geen voedsel te vinden. Hoe zit het met uw koeiencommissie?
Zij zou voor alternatieve voeding zorgen. De winkelrekken zijn nog altijd leeg! SCHANDE!
118
De koeiencommissie levert goed werk, maar wij kunnen geen ijzer met handen breken.
Dan moet u de Socialistische Paardenbond maar inschakelen. Paardenkracht genoeg!
HAHAHA!
Mijnheer, zo'n racistische opmerking is een parlementariër onwaardig! Ik schort dit debat op.
119
U hebt gelijk. Ga het maar bespreken in uw zwijnenstal!
KNOR... KNOR!
Hahaha!
Groetjes aan Miss Piggy!
EVEN LATER.
Magda, potverdekke, hoe zit dat met die koeiencommissie?
Jo Blindganger en Bob Teel houden zich met die zaken bezig.
120

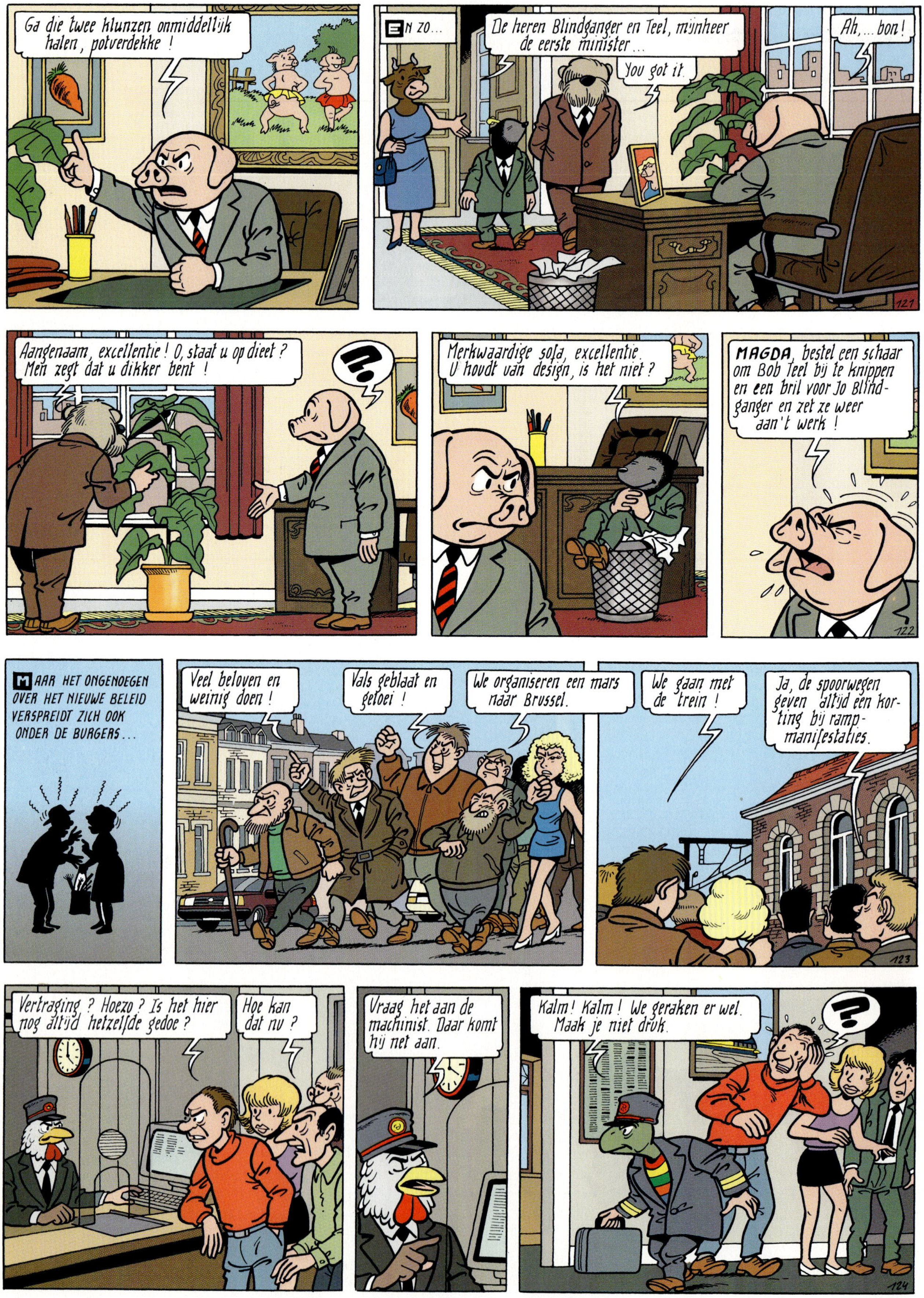

Ga die twee klunzen onmiddellijk halen, potverdekke!
En zo...
De heren Blindganger en Teel, mijnheer de eerste minister...
You got it.
Ah,... bon!
121
Aangenaam, excellentie! O, staat u op dieet? Men zegt dat u dikker bent!
?
Merkwaardige sofa, excellentie. U houdt van design, is het niet?
MAGDA, bestel een schaar om Bob Teel bij te knippen en een bril voor Jo Blindganger en zet ze weer aan't werk!
122
Maar het ongenoegen over het nieuwe beleid verspreidt zich ook onder de burgers...
Veel beloven en weinig doen!
Vals geblaat en getoei!
We organiseren een mars naar Brussel.
We gaan met de trein!
Ja, de spoorwegen geven altijd een korting bij rampmanifestaties.
123
Vertraging? Hoezo? Is het hier nog altijd hetzelfde gedoe?
Hoe kan dat nu?
Vraag het aan de machinist. Daar komt hij net aan.
Kalm! Kalm! We geraken er wel. Maak je niet druk.
?
124

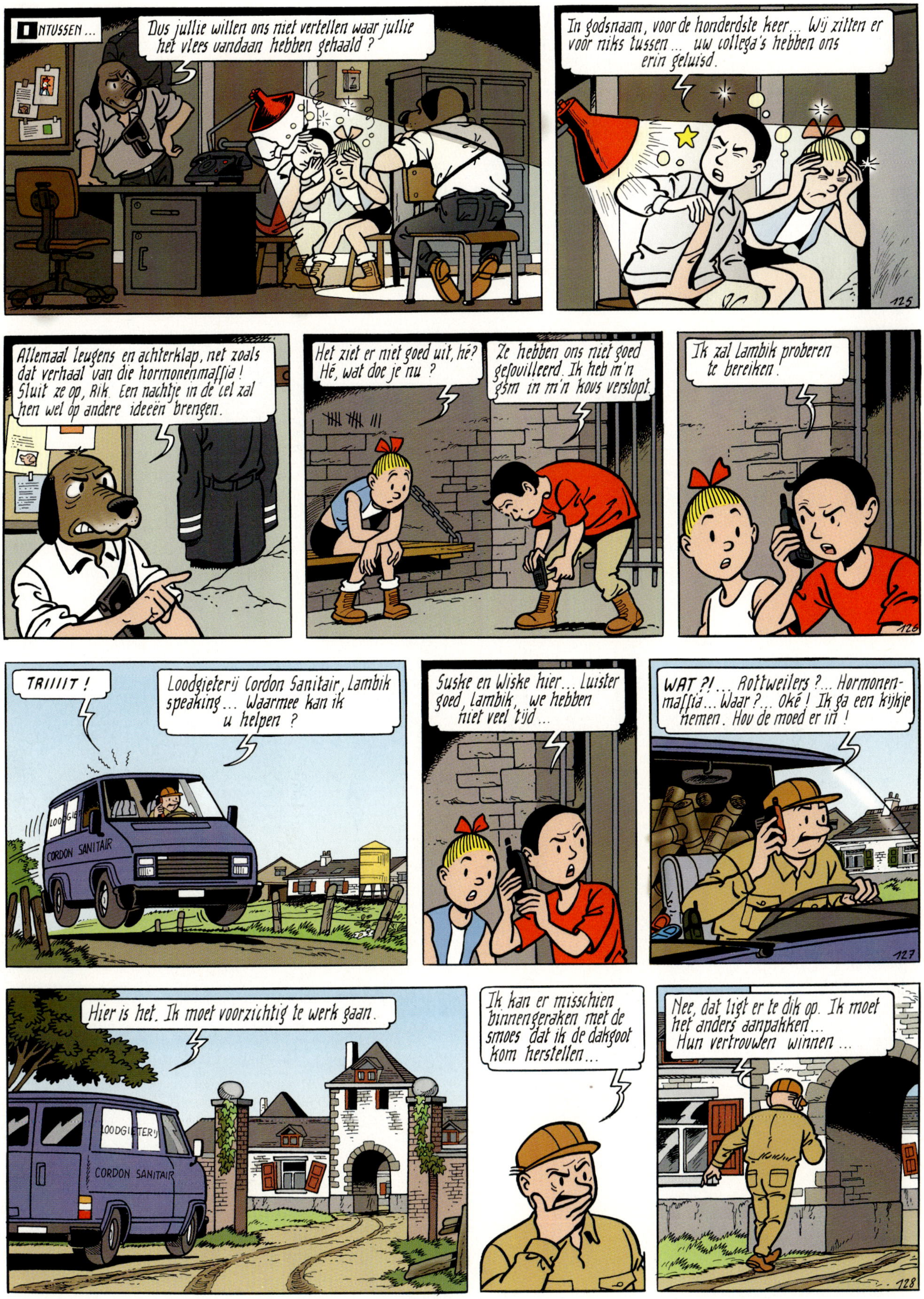
INTUSSEN ...
Dus jullie willen ons niet vertellen waar jullie het vlees vandaan hebben gehaald ?
In godsnaam, voor de honderdste keer... Wij zitten er voor niks tussen ... uw collega's hebben ons erin geluisd.
Allemaal leugens en achterklap, net zoals dat verhaal van die hormonenmaffia ! Sluit ze op, Rik. Een nachtje in de cel zal hen wel op andere ideeën brengen.
Het ziet er niet goed uit, hé? Hé, wat doe je nu ?
Ze hebben ons niet goed gefouilleerd. Ik heb m'n gsm in m'n kous verstopt.
Ik zal Lambik proberen te bereiken.
TRIIIIT !
Loodgieterij Cordon Sanitair, Lambik speaking... Waarmee kan ik u helpen ?
LOODGIETERIJ
CORDON SANITAIR
Suske en Wiske hier... Luister goed, Lambik, we hebben niet veel tijd...
WAT ?! ... Rottweilers ?... Hormonenmaffia... Waar ?... Oké ! Ik ga een kijkje nemen. Hou de moed er in !
Hier is het. Ik moet voorzichtig te werk gaan.
LOODGIETERIJ
CORDON SANITAIR
Ik kan er misschien binnengeraken met de smoes dat ik de dakgoot kom herstellen...
Nee, dat ligt er te dik op. Ik moet het anders aanpakken... Hun vertrouwen winnen ...

Stemmen! Die hormonale opgefokte maffiosi zitten binnen. Vooruit, Lambik, zet je beste acteerbeentje voor.
Genade!... To be or not to be... Heb medelijden!...
Maar... wie is dat? Waar komt die clown vandaan?
?
129
Een steak!... Een steak!... Mijn koninkrijk voor een steak!
?
!
BAF!
Jarenlang heb ik rundsvlees gegeten... gebraden, geroosterd of verwerkt tot filet américain... Nu is het niet meer te vinden... Ik... ik kan het niet missen... Ik... ga eraan kapot...
Germain, geef die idioot een nekschot en dump hem ergens in een gracht!
MOMENT!
130
Zijn wij soms barbaren? Als die man een steak vraagt, geef hem er dan een...
S... s... saignant, alstublieft... of nee... au point!...
Smak... skrontsj... mmm... Eerste klas, jongens!... Als ik voor jullie iets kan terugdoen...
131
Wel, beste vriend... Onze organisatie ijvert voor het herstel van de vroegere vleesmarkt.
Formidabel!... Sta ik helemaal achter! Slurp...
Wij kunnen altijd nog een extra hulp gebruiken. Wil je je niet bij ons aansluiten?
Het is mij een waar genoegen mijn zielsverwanten in hart en koeienbillen de poot eh... de hand te drukken.
Goed zo!
132

Jongens, we hebben er een nieuwe bij!
Bravo!
Jippie!
Nu juichen ze als gekken en daarnet wilden ze me nog van kant maken. Gevaarlijke kerels! Enfin... ik heb hun vertrouwen gewonnen.
De avond valt over de Lage Landen... Alles is rustig, behalve op één plaats...
133
In het kantoor van premier Dick Zweyn...
We moeten het vertrouwen van de bevolking in de nieuwe regering herstellen, potverdekke. Het volk heeft een signaal nodig.
Mijn idee!
Mijn brigade heeft daarstraks twee mensen opgepakt die betrapt waren op illegaal vleesbezit!
Wat? Daar weet ik niets van!
134
Wij zouden hier een voorbeeld kunnen stellen, excellentie. Het gaat weliswaar om kinderen, maar toch...
Kinderen?... En wat dan nog? Kinderen moeten luisteren! In sommige landen laten ze zelfs treinen ontsporen! Een harde hand is noodzakelijk, potverdekke!
Alleen... Zal het geen averechts effect hebben?... De mensen zijn al opgehitst, en als we nu nog twee kinderen...
Het gaat om het signaal, excellentie!
135
Deze nieuwe regering is tegen corruptie en gesjoemel. Een onpartijdig en eerlijk proces zal het vertrouwen van de bevolking herstellen.
Je hebt gelijk, potverdekke. Wij gaan er met ons volle gewicht en als twaalfde man tegenaan! Hangen zullen ze!
Die nacht draait de mediacampagne rond het nakend proces op volle toeren. Redacties van de gesproken en geschreven pers worden ingelicht...
136

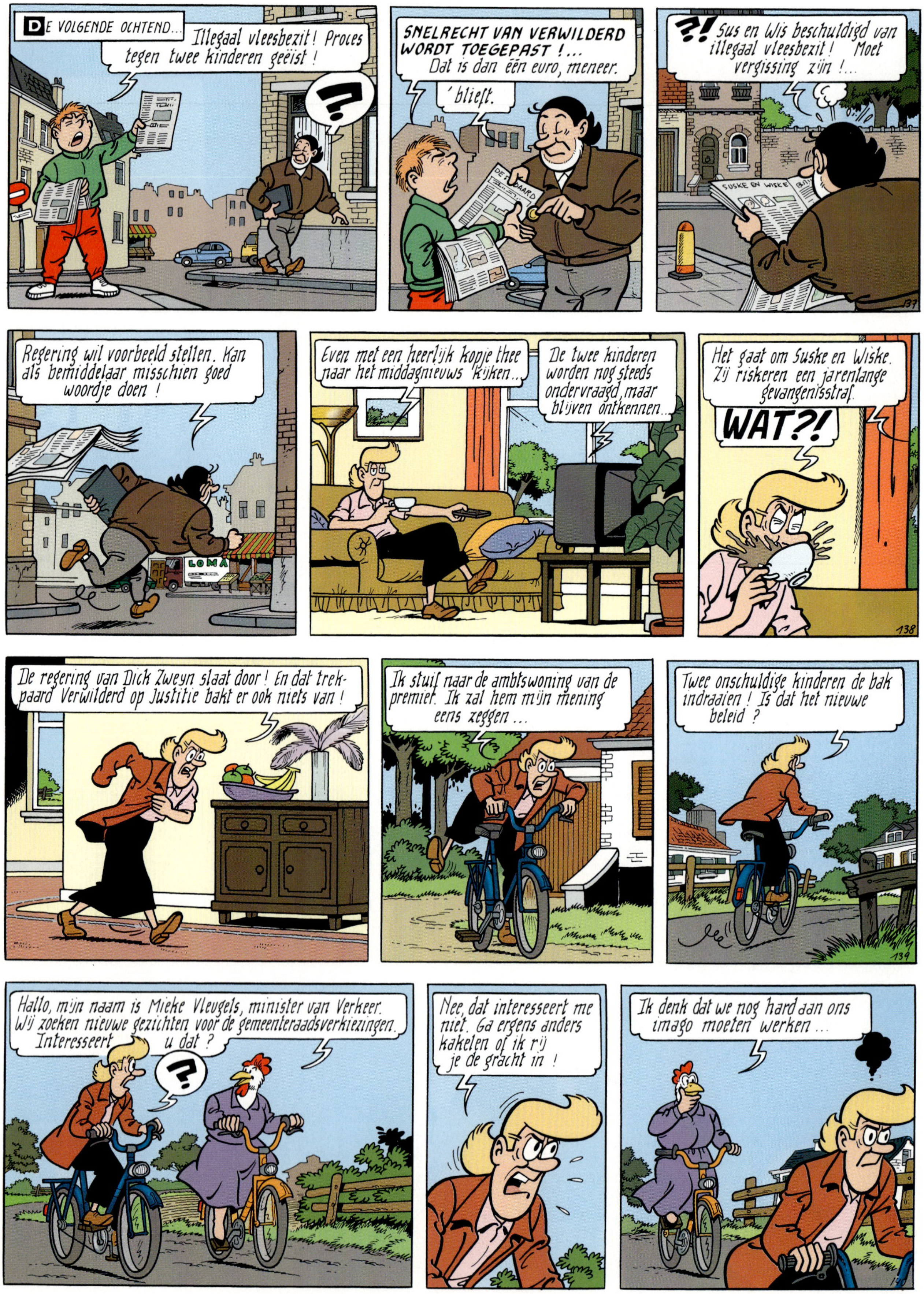
DE VOLGENDE OCHTEND...
Illegaal vleesbezit! Proces tegen twee kinderen geëist!
?
SNELRECHT VAN VERWILDERD WORDT TOEGEPAST !... Dat is dan één euro, meneer.
'blieft.
?!
Sus en Wis beschuldigd van illegaal vleesbezit! Moet vergissing zijn!...
SUSKE EN WISKE
137
Regering wil voorbeeld stellen. Kan als bemiddelaar misschien goed woordje doen!
LOMA
Even met een heerlijk kopje thee naar het middagnieuws kijken...
De twee kinderen worden nog steeds ondervraagd, maar blijven ontkennen...
Het gaat om Suske en Wiske. Zij riskeren een jarenlange gevangenisstraf.
WAT?!
138
De regering van Dick Zweyn slaat door! En dat trekpaard Verwilderd op Justitie bakt er ook niets van!
Ik stuif naar de ambtswoning van de premier. Ik zal hem mijn mening eens zeggen...
Twee onschuldige kinderen de bak indraaien! Is dat het nieuwe beleid?
139
Hallo, mijn naam is Mieke Vleugels, minister van Verkeer. Wij zoeken nieuwe gezichten voor de gemeenteraadsverkiezingen. Interesseert u dat?
?
Nee, dat interesseert me niet. Ga ergens anders kakelen of ik rij je de gracht in!
Ik denk dat we nog hard aan ons imago moeten werken...
140

Premier Dick Zweyn ?... Premier dik ongenoegen ja!
En maar met de cadeaus smijten!
Gratis vervoer voor koeien ouder dan 7 jaar. Bijkomende toelagen voor onthaalmoeders van biggen en lammetjes ...
Verhoogde financiële steun aan asielzoekende ooievaars... Waar blijven die kiekens het halen ? Of gaan ze het leggen ? Kot kot kedeit !!
141
INTUSSEN WOONT LAMBIK DE VOLGENDE VERGADERING BIJ VAN HET A.L.F. ...
ALF
Dus we bekogelen als A.L.F.'ers de vergaderruimten van de oppositie met rookbommen... Dat zal de regering wel doen vallen.
Prima idee, Fons. Wat vind jij ervan, Lambik ?
Goed idee! Maar hebben jullie al gedacht aan uptoedéte knawhoew met de nodige bekkup ? Waar zijn die bommen ? Dan kan ik ze even nakijken !
142
Waarom ? Vertrouw je ons materiaal niet ?
Toch wel, toch wel. Maar je kan niet voorzichtig genoeg zijn tegenwoordig, met al die bugs.
En ik heb vroeger nog ontploffologie gestudeerd. Dus ik ken er wat van !
O, kijk ze dan maar even na, Lambik. De bommen bevinden zich hiernaast.
143
Miljaar! Ze lijken hier wel bewapend als een privé-militie ...
Hé, wat is dat ?... Stikstofoxide ?
Dat brengt me op een idee. Ik ga een cocktail maken ...
144

Alles in orde, Lambik?
Met de bommen wel. Zeg, ik heb deze rattenpakken gevonden. Ik zal ze wassen zodat we ze kunnen aantrekken.
Die domkoppen zijn erin getrapt. Een flinke scheut benzine bij de wasverzachter...
...en dan straks mijn loodgietersmateriaal niet vergeten...
145
EEN UURTJE LATER...
Prima idee, Lambik. We zien er heel wat professioneler uit.
Maar wat is dat vreemde geurtje aan onze pakken?..
Dat is ontvlekker! De pakken waren nogal smerig.
O, dan is het oké. Op naar de gebouwen van de oppositie!
Hoezee!
146
INTUSSEN.
Is de premier thuis?
Jazeker. Maar zijne excellentie zit nu in een belangrijke vergadering...
...over de belastinghervorming. Johan Vandelasnotte en Steve Stempelkaart zijn ook aanwezig.
En Sidonie zal ook eens meedoen, zie!
147
Ik stel de 15-urige werkweek voor en gratis geneesmiddelen...
Ja, maar... en de staatsschuld dan?
Tuttut... de personenbelasting moet 90% omlaag... en het systeem van de loopbaanonderbreking moet uitgebreid worden.
Hoe zit dat hier, dikke patapoef? Zijn Suske en Wiske al terug vrij?
148

Help, Dick, wie is dat? Hoe is die hier binnen geraakt? Is de politiehervorming al in orde?
Dat, beste collega's, is een burger. Wij praten met haar, want we staan voor openheid.
Ik zal heel open zijn, mijnheer Zweyn! OPEN en KORT...
Sigaartje? En hebt u al een gratis ticket voor Euro 2000?...
SUSKE EN WISKE ZIJN ONSCHULDIG!
Dick, hierheen! Er komt een e-mail binnen op je laptop!
Je hebt gelijk, potverdekke. Vreemd... het gaat over de Rottweilerbrigade.
Er zouden rottweilers zijn omgekocht met vlees! Dat is corruptie in de hoogste graad.
Het zal toch geen varkensvlees zijn?...
Of paardenvlees...?
Ik... word niet goed...
Zie je wel dat Suske en Wiske onschuldig zijn!
Wie zegt dat? Een onderzoek zal dat wel uitwijzen!
Laten we een onderzoekscommissie oprichten, Dick! Mag ik dan voorzitter zijn?
En ik zal het onderzoek naar de aanleiding tot het onderzoek leiden.
Maar... maar...
INTUSSEN...
Dus jij wilt met de gevangenen Suske en Wiske spreken. Ben jij een advocaat?
Nee, ben regeringsbemiddelaar Jerom.

Is het gelukt ?
Ja, Dick Zweyn moet mijn e-mail over de corruptie intussen gekregen hebben. Nu moeten we afwachten.
Koekoek ! Kom jullie hart onder riem steken. Zie jullie niet vaak in cel.
Jerom, je komt als geroepen ! We zijn erin geluisd !
Denk je dat je nog iets voor ons kunt doen ?
153
Zal niet makkelijk zijn. Regering wil voorbeeld stellen door hard op te treden. Moet tot in kleinste details vertellen wat er gebeurd is...
TERWIJL SUSKE EN WISKE ALLES AAN JEROM VERTELLEN, STOPT DE WAGEN VAN DE ALF'ERS TEGENOVER HET GEBOUW WAAR DE OPPOSITIE VERGADERT.
Bert De Brulstraat... Het gebouw aan de overkant, dat is het. Ze vergaderen op de eerste verdieping...
154
Deze regering bakt er echt niets van.
Zijn hun stallen wel legaal verbouwd ? Misschien kunnen we die laten platwalsen...
Neenee, niet repressief optreden. Dat is slecht voor onze aaibaarheidsfactor.
Op mijn teken werpen jullie de rookbommen door de ramen.
155
Eric heeft gelijk. We moeten wachten op een stommiteit van die beesten... een aanslag van het A.L.F. of zoiets...
?
!
!
?
DZING
KLANG
KLING
156

Uche... Ik denk dat onze gebeden... uche... uche... verhoord zijn...
Dikke... uche... rook die in de neus en de ogen prikt...
Maar.. bij alle gefrustreerde heiligen van de oppositie... uche... dat is ... is...
... LACHGAS! ... WHAHAHAA!
Hahaha... Weer een aanslag van... hoehoe... dat dekselse A.L.F.!
Hohoho!... Een regelrechte staatsgreep!
Hahaha... echt schandalig... hihihi... Ons politieapparaat werkt niet... hoehoehoe...
Hou op... hohoho... 't Wordt me te veel, hoehoe!
Daar... hahaha... hou die schurken tegen... hihihi!
?
?
Onbegrijpelijk... Is dat de uitwerking van het gas?... Ze lachen zich te barsten.
Normaal gezien hadden ze buiten westen moeten liggen.
Mijn cocktail heeft lachgas geproduceerd. Wat een opluchting! Maar ze zullen vlug doorhebben dat ik erachter zit!
Uit de weg, jongens. We moeten onze handtekening nog achterlaten.
Ik word hier goed in. Als de hormonenhandel in elkaar stuikt, ga ik graffiti spuiten.
Maak voort, Germain. Dadelijk staat de politie hier.
Ik bel de... hahaha... premier op! Die zal er... hohoho... niet mee kunnen lachen!
Wat zegt u?... Lachgas op de oppositievergadering?... Een aanslag van het... hahaha, A.L.F.?!

Wat is in godsnaam het... hahaha ... A.L.F., Dick ?
Waarschijnlijk een splintergroep van het echte A.L.F. Kom, we moeten ernaartoe !
Wat een gedoe. Eerst die e-mail over de Rottweilerbrigade en nu weer een aanslag van het A.L.F. Ik begin heimwee naar mijn trog te krijgen.
161
Die vervloekte Germain heeft ons met z'n muurschildering veel tijd doen verliezen. Start de wagen, Lambik.
NEE!
Nee ? Hoezo nee ? Start onmiddellijk de wagen !
Of je zal ervan lusten !
162
Achteruit ! Of ik zie me verplicht om mijn loodgietersmateriaal te gebruiken.
Een bunsenbrander. Overmeester hem, mannen !
Dat zou niet verstandig zijn. Zoals je weet heb ik jullie rattenpakken gewassen...
... en er een flinke scheut benzine bijgegoten ! Jullie zijn dus licht ontvlambaar !
163
Lambik, jij gemene verrader... jij...
Spaar je adem, Alex. Daar is de Rottweilerbrigade !
FREEZE ! Wow ! Een pluim voor onze brigade ! We rekenen het gevreesde A.L.F. in !
164

Mijn premierschap is gered. De Rottweilerbrigade heeft het A.L.F. ingerekend.
Ik ben Lambik en heb hen in de val gelokt! Laat ze hun maskers afnemen.
Luister niet naar hem! Hij probeert zich eruit te praten! Hij is het brein van de bende.
165
En als het waar is wat hij zegt? Als achter dit hele A.L.F.-gedoe mensen zitten in plaats van dieren?
Maar excellentie... ik... wij...
Ik geef het bevel wel zelf! NEEM JULLIE MASKERS AF!
166
Shit! Dat zijn Alex, Germain en de anderen... De hele hormonenmaffia is present! Hoe gaan we dat ooit in de doofpot stoppen?
Wel, commandant?! Wat sta je daar te lanterfanten? Reken die hele zwik in!
Eh... Natuurlijk, mijnheer de excellentie... Dadelijk! Onmiddellijk zelfs.
Dat heb je goed gedaan, Lambik. Hoe heb je dat klaargespeeld?...
Gewoon door mijn vleesetende zelf te zijn!
167
Hé, daar is Jerom met Suske en Wiske!
Dat zijn die kinderen die beschuldigd worden van illegaal vleesbezit.
Jij bent regeringsbemiddelaar Jerom, niet? Waarom heb je die jonge criminelen vrijgelaten?
Momentje, excellentie. Hebben een en ander bij ons. Eerst kijken, dan oordelen.
168

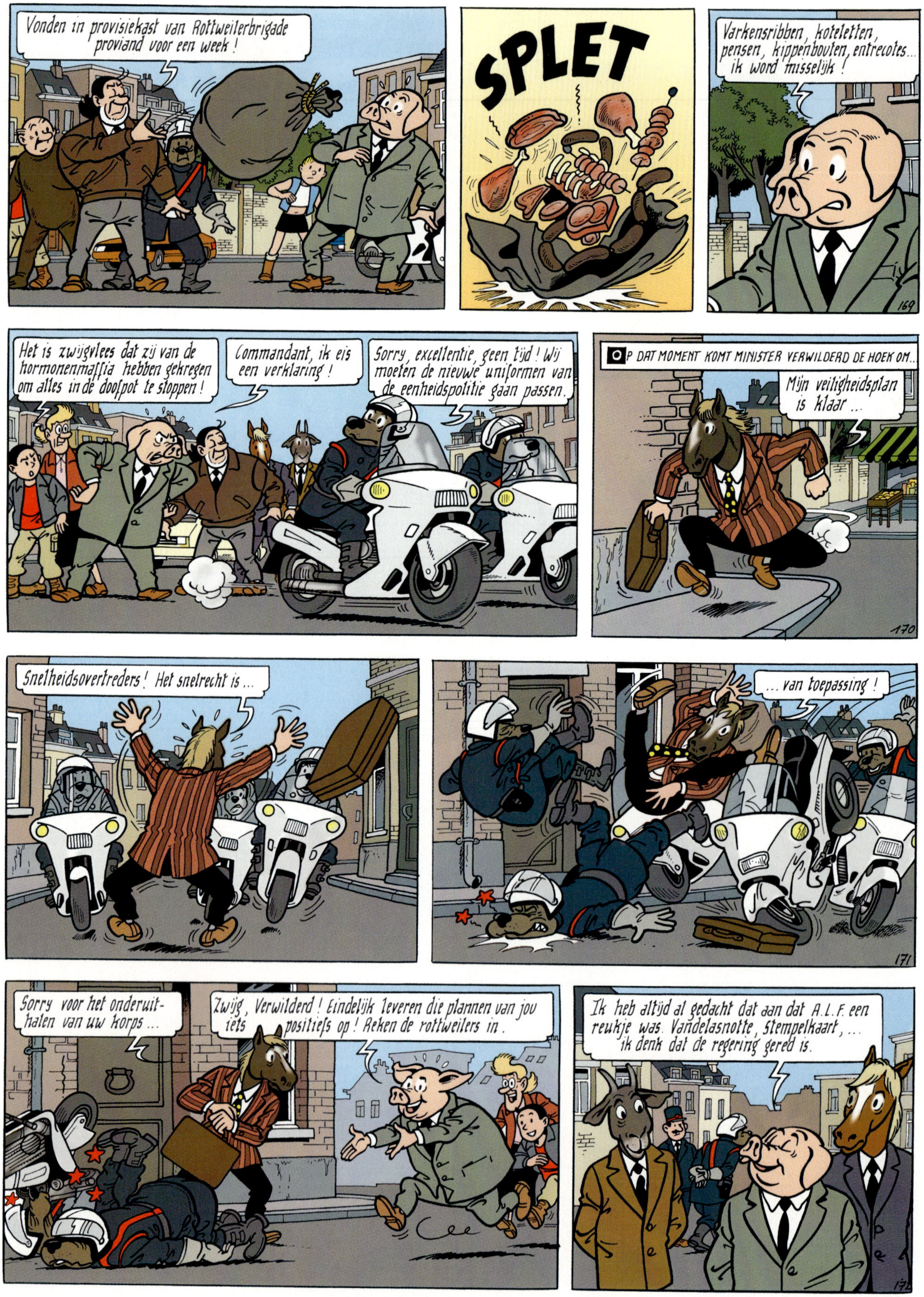
Vonden in provisiekast van Rottweilerbrigade proviand voor een week!
SPLET
Varkensribben, koteletten, pensen, kippenbouten, entrecotes... ik word misselijk!
169
Het is zwijgvlees dat zij van de hormonenmaffia hebben gekregen om alles in de doofpot te stoppen!
Commandant, ik eis een verklaring!
Sorry, excellentie, geen tijd! Wij moeten de nieuwe uniformen van de eenheidspolitie gaan passen.
OP DAT MOMENT KOMT MINISTER VERWILDERD DE HOEK OM...
Mijn veiligheidsplan is klaar...
170
Snelheidsovertreders! Het snelrecht is...
...van toepassing!
171
Sorry voor het onderuithalen van uw korps...
Zwijg, Verwilderd! Eindelijk leveren die plannen van jou iets positiefs op! Reken de rottweilers in.
Ik heb altijd al gedacht dat aan dat A.L.F. een reukje was. Vandelasnotte, Stempelkaart, ... ik denk dat de regering gered is.
172

Het spreekt vanzelf dat deze kinderen van alle blaam gezuiverd worden. Sorry voor het misverstand, jongens.
Operatie 'imago oppoetsen' kan beginnen.
Tot er weer een ander schandaal opduikt...
Mij een zorg. Als ik maar nieuwe badkamers kan blijven plaatsen.
TOT GROTE ERGERNIS VAN DE OPPOSITIE SCOORT DE NIEUWE REGERING GOEDE PUNTEN MET HET INREKENEN VAN DE CORRUPTE ROTTWEILER-BRIGADE.
173
VERSCHILLENDE MINISTERS TREDEN OP IN TV-SHOWS...
...♫ I DID IT MY WAY...♫
ISABELLE B
MAR-GRIET-JE
...EN WORDEN GEVRAAGD VOOR OFFICIËLE OPENINGEN...
...♫...O WHEN THE SAINTS... GO MARCHING IN...
WAT AAN DE OPPOSITIE ZURE OPMERKINGEN ONTLOKT...
Dit non-beleid is een pure hallucinatie! Nergens in Europa is de politieke debilisering zo groot.
174
DE KOEIEN VOOR GROEN ZETTEN HUN BESTE POOTJE VOOR...
Ik heb goed nieuws voor de koeien, geiten en varkens in Doel. De stallen worden onteigend, maar de dieren mogen er blijven wonen!
DE EENSGEZINDHEID IN DE NIEUWE REGERING IS GROOT...
Als minister van Sociale Zaken stel ik het Zilverfonds voor.
BRAVO
BRAVO
KLAP KLAP
Ikzelve, de minister van Financiën zijnde, keur af de Zilverfonds... omdat ik vind een grote gevaar en verspillinke!...
BRAVO
BRAVO
KLAP KLAP
175
DE DAG IS AANGEBROKEN DAT DE PREMIER ZIJN STATE OF THE UNION ZAL BEKENDMAKEN IN HET PARLEMENT.
Geachte parlementsleden, de regering heeft goed werk geleverd. We hebben de Maastrichtnorm gehaald, de koeiencommissie heeft zich goed herpakt en...
...de... KNOR... corruptie in alle geledingen... GROÏNK... van de samenleving werd... KNOR... ahum, grondig aangepakt...
176

Wat is er met onze premier aan de hand ? Hij doet... MEUH... zo raar...
Eerlijk gezegd... MEUH... voel ik me ook niet al te best...
Er is misschien een... HIHIHIIIIN ...virus dat zich verspreidt...
?
!
!?
... GROÏNK ... SKNOR ... OEÏÏÏEK ... SNUIF... GROÏNK ... OEÏÏÏEK ... KNOR ...
177
... GROÏNK ... SNUIF ... KNOR ...
BÈÈÈÈ...
BÈÈÈÈ...
MEUH...
MEUH...
KOT KOT...
178
Wat betekent dat ? Weer een nieuwe politieke cultuur ?
Ik snap er niks van !
De dieren kunnen niet meer spreken ! Ze zijn weer net als vroeger. De regering valt ! Hahaa !
Jippie ! Dat betekent nieuwe verkiezingen !
Ik wil een coalitie vormen met jou !
Heeft er iemand leuke beloften ?
179
F LUP DE ZOMER ZIET ZIJN KANS SCHOON.
NEEM DIE BEESTEN HUN STAATSBURGERSCHAP AF EN JAAG ZE TERUG NAAR DE STALLEN !
Ju ! In de pas ! Dom vee !
Vort ! Vort ! Naar jullie hokken !
180

Tante! Tante! De regering wordt naar de stallen gedreven!
WAT?!
Het vee is weer onmondig geworden!
De premier is beginnen knorren tijdens zijn toespraak in het parlement...
Dat is niets nieuws. Ik zet de tv aan. Misschien is er een extra nieuwsuitzending.
EN INDERDAAD...
Biologen hebben vastgesteld dat het Babbelveld-Jacobvirus even snel is verdwenen als het is opgedoken. De toestand is weer zoals vroeger. De slachthuizen worden heropend.
181
Onze verslaggever Faroek Ajisserwer heeft de boer gevonden die eigenaar is van Dick Zweyn, onze voormalige premier. Hallo, Faroek?
Ja, Peter. Bij ons hier staat boer Keutels, eigenaar van Dick Zweyn. Mijnheer Keutels, wat voor een varken was Dick Zweyn vroeger en wat gaat er nu met hem gebeuren?
't Eis altid e weerspannig varken geweest en 't mot 'ten euchtend noa de slachterieje! (*)
*HET IS ALTIJD EEN WEERSPANNIG VARKEN GEWEEST EN HET MOET MORGEN NAAR DE SLACHTERIJ!
182
U hoort het. Ex-premier Dick Zweyn zal geslacht worden, net als vele andere leden van de regering trouwens. Dat is de harde realiteit. Over naar jou, Peter.
Dank je, Faroek. Tot slot nog even meegeven, kijkers, dat op de barbecue die de oppositie nu geeft geen vlees van de vorige regeringsleden zal worden gegeten, uit respect voor hun nabestaanden.
Arme dieren... Hun beleid liep niet altijd op wieltjes, maar ze waren wel leuk.
MILJAAR!
183
Ik kan naar mijn centen fluiten! De meeste dieren hadden een lening aangegaan om hun badkamer te kunnen betalen, maar de banken hebben hun rekening geblokkeerd.
BANG
Toch geurtje aan virus... Vraag me af of...
Het spijt me verschrikkelijk dat het virus zo snel is uitgewerkt. Nu hebt u uw staatsgreep niet kunnen plegen. Zal ik een ander virus brouwen?
Een ander virus?! Nee, nee. Stop ermee. Te veel is trop en trop is te veel!
EINDE
184

SUSKE EN WISKE

DE DAPPERE DUINDUIKERS

INTERACTIEF
STRIPVERHAAL

Lees en beleef dit spannende avontuur nu met grappige animaties, onverwachte soundeffects en een tof actiespel !

PC en Mac cd-rom

Prijs: S&W-album 269 + cd-rom
= 225 BEF / FL. 12,50

Verschijnt: mei 2001

De dappere duinduikers-cd-rom is enkel te koop samen met album 269 'De stugge Stuyvesant'!

STANDAARD UITGEVERIJ